ДМИТРИЙ КОСТИКОВ

AF145332

KUST
PRESS

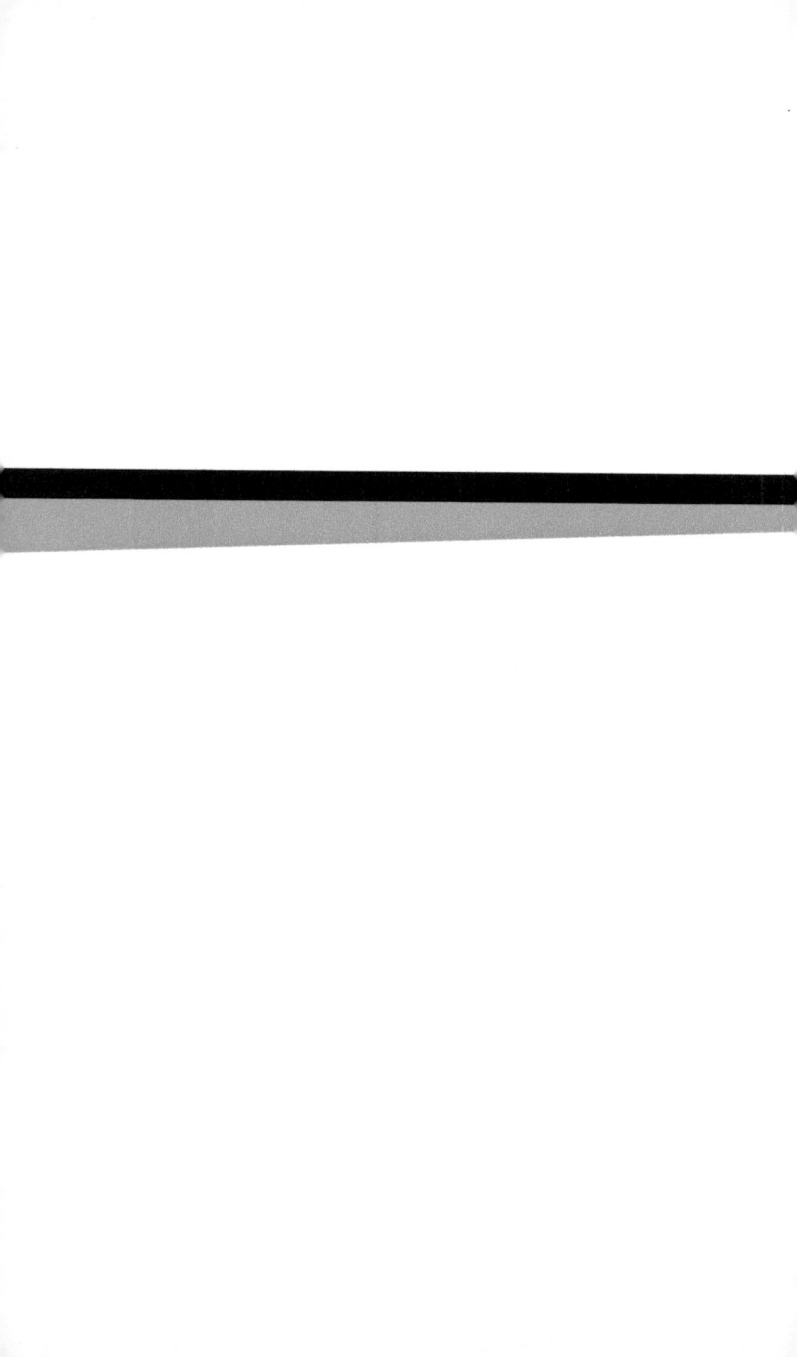

ДМИТРИЙ КОСТИКОВ

REBUILD

KUST PRESS • 2025

«Rebuild» — жесткая, ироничная антиутопия о мире, где память превратилась в товар, власть стала абсолютной, а контроль — тотальным. Человечество окончательно расколото на три изолированные цивилизации, и технологии давно подменили мораль. Здесь каждый, кто ищет правду, неизбежно оказывается внутри очередного заговора.

Главный герой — историк и консультант, берущийся за самые опасные неофициальные задания, — привык балансировать между тремя сверхдержавами. Но расследование убийства выводит его на след, который ведет гораздо дальше, чем он мог предположить. Это не просто преступление, а симптом глобального сдвига, источники которого не известны даже тем, кто управляет этим миром.

KUST Press http://kust.press books@kust.press

ISBN 978-3689-5997-3-7

© Дмитрий Костиков, 2025

© KUST Press, 2025

Посвящается умирающему миру.

ПРОСТО ОТРЫВ БАШКИ

«Публичные дома все больше походят на хорошие гостиницы! Неплохо!» — Монстр с удовольствием обвел глазами номер. Чисто, просторно. Что еще нужно усталому путнику? Ну, может быть, еще хорошая компания и вещества, разгоняющие настроение в ту сторону, которая вам сегодня близка. Крайняя степень расслабления или возбуждения. Возможность полностью забыться или вспомнить все свои чувства и ощущения, начиная с младенческих. Не только бизнес-среда гостеприимства, но и фарма здорово расширила свой ассортимент в последнее время.

Он устроился в кресле, положил в рот капсулу, переливающуюся нежными серо-розово-голубыми оттенками. Запил глотком воды. Откинул голову и закрыл глаза. «Краска» не торопилась работать. Все-таки наркотик для очень богатых. Тех, кто уже не торопится. Волна восторга началась с маленького вихря в животе. Тепла в кончиках пальцев. Щекотки в области паха. Он вспомнил, какая хорошая была неделя. Да и весь месяц. Как ему улыбнулась секретарша Омара, когда он шлепнул ее по упругой попке. Какой тоской и безысходностью были наполнены глаза проворовавшегося бухгалтера из подразделения в Пакистане. Они искали его почти три недели и наконец нашли. Вырезали у него сердце. А потом всю его большую семью...

Ощущение было похоже на полет. От одного приятного воспоминания к другому. От оргазма к оргазму.

Первый приход «краски» всегда очень сильный, но непродолжительный. Как приглашение в мир безмерного счастья. Бланк приглашения прекрасен и многообещающе красочен. Но сам мир гораздо круче. Надо только заняться любимым делом или вернуться в самое сокровенное воспоминание. Монстр контролировал свое наркотическое опьянение, как опытный анестезиолог может контролировать действие наркоза. С одной стороны, смакуя тончайшие оттенки удовольствия, а с другой — четко отслеживая свое состояние, органы восприятия, контролируя пульс.

Он вызвал меню услуг на стену напротив кресла. Алкоголь, легкие веселящие и возбуждающее средства — пролистываем. Женщины, мужчины, дети — пролистываем. Образы знаменитостей (пластические изменения) и особи с измененным полом — средний ценовой сегмент. Неинтересно... Так, модифицированные создания, услуги класса люкс. Ну-ка, что у вас есть? Особи с имплантами для дополнительных удовольствий. Этого барахла у меня самого хватает. Особи с генными модификациями, товар класса люкс+, необходимо дополнительно оплатить страховку от возможных повреждений. Самое оно! Денег валом! Так... выбираем...

Его рука скользила по ее обнаженному телу. Мягкая и гладкая шерсть приятно ласкала пальцы. Она задышала чаще и перевернулась на живот. Повинуясь ее движению, его рука скользнула с бедра ниже и остановилась около хвоста. Экземпляр был великолепный! Она, несомненно, стоила своих немалых денег. Он рывком перевернул ее на спину, нежно провел по лицу и взял за горло. Она продолжала мурлыкать, извиваясь в ожидании ласки и соития. Ее большие миндалевидные глаза призывно блестели. Шерстка на мордочке и ушках вздыбилась от удовольствия. Он сжал руку, шея хрустнула. Придержав тело второй рукой, рванул голову. Кожа на горле лопнула, хлынула кровь. Простыни мгновенно потеряли белизну, но конвульсий не было. Как и криков. Как же он стал хорош!

Почти не испачканный кровью, он встал и, держа оторванную голову за изу-

REBUILD

родованную шею, подошел к своей сумке. Ловко раскрыл ее одной чистой рукой и достал пакет. Положил в него трофей. Полюбовался тем, как все еще раскрытые в экстазе глаза и рот просвечивают сквозь матовый пластик. Застегнул сумку. Потом зашел в ванную и с удовольствием в теплой воде вымыл руки.

Коммуникатор в глазе замигал, предлагая переговорить. Он закрыл глаза: из темноты вынырнул образ абонента с данными контакта. Разрешил звонок и присел на край постели.

— Ты долго еще будешь развлекаться, Монстр? — Голос Омара был, как всегда, недружелюбен и надменен. — Есть дело. Срочно дуй в офис.

— Хорошо, отец, — спокойно ответил Монстр, — сейчас буду. Хоть ты мне и обломал кайф. Пришли за мной парней по вот этому адресу.

Отправил адрес, посидел минуту, успокаивая дыхание, оделся. На пороге еще раз обвел глазами место охоты, стараясь ничего не забыть. Вышел во двор. И, подняв голову к звездам, стоял с закрытыми глазами, с наслаждением втягивая ночной воздух. Он ощущал себя хищником после удачной охоты. От восторга волосы на загривке были вздыблены. С ними ласково играл прохладный ветер.

За спиной, через открытое окно второго этажа, раздался испуганный крик. Он улыбнулся: прислуга нашла его девку. И его визитку. Ну ничего, потерпят. Он оплатил сполна и оставил щедрые чаевые. Да и принадлежность к клану Омара не оставит им поводов для возмущения.

Напротив, разорвав темноту, вспыхнули фары, мгновенно ослепив его.

— Стоять! Руки в стороны! Полиция Бомбея! Малейшее движение — стреляем! Приготовиться к сканированию!

«Когда их успели вызвать?» — только и подумал он.

Но огненный жгут шокера оборвал все мысли, унося сознание в пучину боли. Импланты ослабли. И он мешком осел на тротуар. Полицейские подбежали к нему, схватили и поволокли к машине. Один из них, тряхнув головой, радостно затараторил в коммуникатор:

— Добрый вечер! У нас прекрасный улов! Куча имплантов! Экземпляр из вашего списка. Вам целиком или только железо? Окей, выпотрошим и через час привезем. Не забудьте, вы обещали добавить «краски» к расчетам.

Тело запихали в багажник, фары погасли, и полицейский броневик вертикально взлетел. Его темный силуэт уже через секунду растворился среди безмолвных звезд.

Коммуникатор настойчиво пищал на тумбочке рядом с кроватью. Я повернулся на другой бок и накрыл голову подушкой. Отвечать не хотелось. Не хотелось даже приоткрывать глаза. Единственное желание — продолжать парить между прошлым и настоящим. Между явью и грезами. Коммуникатор оставил нежности и передал вибрацию на матрас. Это было уже слишком, но ответить пришлось. В настройках коммуникатора разрешалось привлекать внимание хозяина, используя дополнительные возможности. Но только в случае максимальной важности или высокого статуса лица, от которого поступил вызов. Я рывком сел на кровати и, взяв коммуникатор в руки, просмотрел статус звонившего. Абонент был скрыт. Странно… Почему ему присвоили столь высокий статус? Досадуя на искусственный интеллект ассистента и на испорченное утро, ответил. Сон и остатки «краски» все равно улетучились в сером раннем утре.

Образ на экране коммуникатора мне ничего не говорил. Красивое точеное лицо юного божества безотказно указывало на полную перестройку в соответствии с фантазией владельца. А отсутствие его персонального кода и данных — о связях как минимум в третьей или второй ступени Демократических сил.

— Рад приветствовать Консультанта. Большая честь для меня. Ваш контакт мне предоставил мой друг из Департамента рисков, для которого Вы на прошлой неделе столько всего сделали. У меня к Вам разговор.

— Боюсь, ничем Вам помочь не могу. Вы меня с кем-то путаете. Я консультирую кафедру истории в части Процесса разделения, его истоков и последующих поисков Пути. И никого не знаю из названного Вами департамента.

— Ничего, я помогу Вам вспомнить. Если Вы согласитесь на встречу, я добавлю Вам красок в это серое раннее утро.

Очень немногие из счастливцев, проживающих на стороне Союза демократических сил, или, на сленге, в Раю, имели доступ к «краске». Новейшему наркотику, не оставляющему следа после употребления. И не вызывающему физиологической зависимости. Его побочный эффект — зависимость психологическая. Он настолько расширяет границы сопереживания, любви, с таким реализмом восстанавливает в памяти события прошлого и моделирует образы будущего, что те немногие, кто может его себе позволить, теряя доступ к «краске», теряют и смысл жизни. Остроту и яркость восприятия настоящего. Их воспоминания блекнут и рассыпаются в пыль, как осенние листья. А будущее пугает холодом и мертвенным серым светом. Цена же «краски» столь высока, что ее могут себе позволить только наследственные потомки демократической элиты. Поэтому «добавить немного „краски" в утро» означает, что речь идет минимум об одной или двух дозах. Равной по цене одной или двум средним месячным зарплатам у нас в Раю.

Проверив еще раз настройки коммуникатора и удостоверившись, что ассистент подвергся атаке извне, я утвердился в сразу же мелькнувшей у меня мысли о связи незнакомца с высшими кругами демократии. Можно было перепрошить ассистента, но я специально оставил канал несанкционированного доступа в своем коммуникаторе открытым. Пока не разберусь, не стоит показывать возможным оппонентам, что я могу. Соорудил салат из настоящих, выращенных в открытом грунте овощей. И, попивая свежевыжатый сок, быстро просмотрел новости Демократических сил.

Но ничего экстраординарного не увидел. Так, мелочь. Протестные граффити студентов против использования богачами мяса животных. Демонстрация фриков-интеллигентов в поддержку идеи передачи медицинских технологий для восстановления здоровья жертвам трансплантологии Союза свободных сил. На нашей стороне реальности ничего не происходило. Я оделся, вызвал гравишаттл-такси и отправился на встречу.

Под прозрачным брюхом моего транспорта медленно скользил бескрайний город, вобравший в себя несколько старых городов. Красивые многоэтажные витые дома с панорамными окнами и стенами из солнечных батарей. Многочисленные скверы и парки с искусственными водоемами и миниатюрными горами. Разноцветные блохи гравишаттлов бесшумно проносились мимо меня в разные стороны, разводимые в безопасные потоки разумом Транспортного менеджера. Подобно ярким и юрким стрекозам. Идиллию довершало чистое небо с сияющим солнцем, излишнюю радиацию которого гасило Дополнительное озоновое пятно. Заботливо созданное учеными и поддерживаемое исключительно над территориями, входящими в Союз демократических сил. Я скучал, глядя на эту красоту. Она мне уже порядком поднадоела. Наконец город закончился и началось богатое Городское окружение. Так назывались районы, состоящие целиком из вилл богатых членов общества. В обрамлении настоящих лесов, живых рек с дикой рыбой, с выходами к естественным пляжам.

Такие районы дополнительно охраняются, но у меня есть пропуск. А без этого такси просто не отвезет вас по указанному адресу в закрытой локации. По земле уже давно никто не передвигается. В системе информирования населения наличие закрытых зон объясняется заботой о дикой природе. На самом деле дикой природой, как и всем остальным в мире Союза демократических сил, владеет его верхушка. Прочие граждане довольствуются искусной подделкой и красивыми историями о сохранении окружающей среды в интересах будущих поколений. Искусственные закольцованные реки с системой очистки воды и поддержкой постоянной температуры. Комфортные набережные с чистыми уютными пляжами, спроектированные с идеальной гармонией и разделяющие современные многоэтажные районы. Группы деревьев на причудливых возвышенностях, имитирующие горы и леса и скрывающие друг от друга жилые дома. Выращенное в лабораториях мясо, от привычных сортов и до уникальных вариантов, рассчитанных на взыскательный вкус. Хит сезона! Мясо мамонта, морской коровы или растительноядного динозавра. Всё для любимых граждан Союза! Только не скучайте и не задавайте лишних вопросов. Хотите спиртное? Пожалуйста! Предложение среднего магазина — минимум триста сортов. Правда, все это синтезированные спиртные напитки. Да кто же отличит? Настоящий алкоголь дорог, а граждан Союза объединяет, кроме стремления к демократическим ценностям, еще и рачительность и бережливость. Вам скучно? Искусственный разум в качестве друга в социальных сетях всегда составит вам компанию. Для помощи в домашних делах есть синтетики. Они же помогут скрасить досуг — от совместного похода в бар до интимного времяпрепровождения. Власть создала замечательный Диснейленд для населения.

А всем настоящим и натуральным завладела сама. Причем наследственно. Подняться выше второй ступени Демократических сил не может никто. Это — табу. Самые проверенные и успешные менеджеры добиваются максимально третьей ступени. Попасть во вторую иначе, чем по праву рождения, можно только за исключительные заслуги перед всем Союзом. Кто составляет первую ступень — не знает никто. Многие вообще считают ее мифом. Так как даже Высший совет Союза демократических сил состоит из выходцев второй ступени.

Гравишаттл начал снижать скорость и высоту, скользя в направлении высокого замка, окруженного газонами, фонтанами и рощами экзотических деревьев. Вся эта красота поместилась на участке не больше пяти квадратных километров. Я удержался от презрительной усмешки: «Так, значит, меня дернул сюда на разговор выскочка, едва добравшийся до третьей ступени. Ведь тут у нас показатель статуса — не дом, а земельный участок. Не архитектурный ансамбль, а длина согласований в твоем персональном коде, позволяющем хотя бы приблизиться к краю некоторых земельных участков».

Как только я шагнул на пружинящий зеленый ковер газона, мой транспорт взмыл в небо. Количество гравишаттлов у нас жестко ограничено. Население убедили, что избыток транспортных средств может привести к разрушению Дополнительного озонового пятна и к ухудшению экологической обстановки. На самом деле Транспортный менеджер запрограммирован на поддержание минимально достаточного доступа населения к гравишаттлам. Его задача не только перевозить граждан Союза, но и анализировать их социальные связи, устойчивые маршруты, образ жизни. Прослушивать разговоры, выявлять предпочтения, потребности, мечты, недовольства, фантазии и сомнения — знать о них все. Чем меньше транспортных средств, тем легче осуществлять контроль. Чем меньше загон, тем послушней стадо. Транспортный менеджер создан как один из инструментов контроля над населением. Но это, естественно, неофициально.

Официально его задача — перевозить людей и анализировать желаемое гражданами Союза демократических сил. Для скорейшего воплощения в жизнь их фантазий и мечтаний.

ЗОВИТЕ МЕНЯ АПОЛЛОН

Встречал меня генно-модифицированный индивид, с шестью конечностями. Две из которых были ногами, а вот рук — четыре. Максимально пытаясь мне угодить, он одновременно раскрыл зонт от солнца, указал направление движения, разгладил на ходу мой мятый старый пиджак. Постарался отобрать маленькую сумку. С которой, надо сказать, я никогда не расстаюсь. Дело в том, что, в отличие от девяноста девяти процентов граждан СДС, я не пользуюсь встроенными гаджетами: коммуникатором, искусственным интеллектом — ассистентом —

и кошельком. Не вживляю себе импланты. В силу некоторых обстоятельств я использую древний носимый коммуникатор. А ассистент и кошелек обитают в планшете. Что несколько неудобно. Приходится носить маленькую сумку через плечо. Но мне нравится отличаться от остального стада.

Дом вблизи выглядит еще помпезней. Роскошь на уровне уродства. Заметно, что золотые и красные карпы в фонтанах и водоемах двигаются несколько механично и однообразно. Птицы на ветвях поют прекрасными голосами и ослепляют красочным оперением. Вот только почти не шевелятся.

Выскочка, точно выскочка. Таких сейчас все больше. Руководство Демократических сил, по официальной версии, испытывает все большее давление со стороны внешних врагов и оппонентов. Давление на свободные и мудрые идеалы демократии. А внутри их гармонию подрывает бесхребетная интеллигенция, леваки, только и способные, что мотать сопли на кулак, в крайнем случае выходить на одиночные пикеты с самодельными плакатами или толпиться около собственных граффити. На самом деле первую ступень никто не видел, а вторая — изрядно устала. И из граждан СДС в третью ступень начали массово прорываться самые энергичные, циничные и голодные.

Мы вошли в дом. Роскошная прихожая украшена рядами колонн и барельефами из искусственного мрамора. Позолота неприлично ярко блестит. Явно хозяин никогда не видел благородную краску, потускневшую от времени и подернутую паутинкой трещин. Проведя меня через анфиладу залов, лакей указал на массивные двери с богатой резьбой и лаконично сказал:

— Вас ждут в кабинете.

Я вошел. Помещение было большим, с высокими потолками и огромными дверями в сад. Стены украшали ряды причудливых резных деревянных шкафов и каменных полок. Правда, украшенных не корешками книг, а пафосной декоративной дребеденью и антиквариатом. Поэтому все это многообразие больше напоминало дорогой сувенирный магазин, чем кабинет. Обстановку комнаты составляли огромный кожаный диван, хрустальный журнальный стол и огромное джакузи. В джакузи, наполненном водой, сидело молодое божество без выраженных признаков половой принадлежности. В компании льнущих к нему юной красавицы и юного красавца, впечатляющих гипертрофированной сексуальностью. Словно сошедших со страниц порнокомиксов.

Я беззастенчиво лицезрел эту странную картину, этот невообразимый коктейль. Потом не выдержал и нахально расхохотался. Хозяин нахмурился. Вероятно, он привык только к восторгам. Поэтому, сухо осведомившись, насколько легко я добрался, выпихнул из джакузи свою свиту. Те, абсолютно не стесняясь наготы, безропотно вылезли и удалились через боковую дверь, преследуемые роботом-уборщиком, который, натужно гудя, вытирал и сушил следы их босых ног.

— Ну и зачем здесь я?

— А вы не очень приветливы и тактичны. Впрочем, меня предупреждали. Меня зовут Аполлон. Я владелец одного из крупных юридических концернов.

И Аполлон величественно склонил голову. Фыркнув, я упал в объятия дивана без приглашения хозяина.

— Что будете? Несинтезированный алкоголь? Свежевыжатый сок? Что предпочитаете?

— Вам сложно меня удивить. И потом, через пару часов меня ждут на кафедре в институте. Я не откажусь от стакана минеральной воды. Прежде чем начнем, скажите, кто Вам дал мой контакт. А потом попробуйте сделать предложение, от которого я не смогу отказаться.

Аполлон вздохнул. Вздохнул, как человек, хотевший оказать максимальное радушие, но пожаловавшие к нему дикари не оценили широкого жеста. Он тряхнул головой. В кабинет вбежал слуга. На этот раз вполне похожий на человека. И поставил передо мной маленькую шкатулку.

Я открыл ее. Внутри, переливаясь волнами цвета, как жемчужины, лежали две маленькие капсулы.

— Обещанная «краска». Последующее вознаграждение — десять стандартных месячных оплат. По завершении миссии.

— Что надо сделать? — только и спросил я, несколько зачарованно смотря на «краску».

Хозяин хмыкнул. Моя реакция была ему понятна. Он подумал, что перехватывает инициативу. Ну и пусть. Я долго репетировал этот страждущий голодный взгляд. Наполнявший моих редких компаньонов и многочисленных врагов уверенностью, что они контролируют ситуацию.

— У меня есть клиент. Несмотря на то что часть его бизнеса здесь, сам он гражданин Союза свободных сил. Очень состоятельный. На днях убили члена его клана. Он был ему как сын. Мы бы хотели, чтобы Вы провели независимое расследование.

— Насколько я знаю, там есть своя официальная власть и полиция. И неофициальная власть в лице группировок, или, по-вашему, кланов. Я думаю, они сами разберутся. Зачем нужен независимый специалист из Союза демократических сил? Вы же наверняка в курсе, какие у нас сейчас с ними отношения. Уже лет десять как границы закрыты и контакты запрещены. И обслуживать здесь людей оттуда — прямое нарушение множества законов.

— Я предпочту отнестись к этому не как к угрозе или предупреждению, а как к шутке. Наш концерн очень гибкий. Настолько, что проходит сквозь буквы законов, почти не нарушая их. Мне Вас порекомендовал помощник комиссара Департамента защиты демократии извне, некто Борг. Знаете такого? И еще он напел мне на ушко, что Вы мотаетесь с деликатными поручениями от их департамента — и не только — через границы. Мотаетесь даже в Мир традиционных ценностей, что по нашим временам совсем уж фантастика. Вам ли укорять меня в нарушении законов?

Я молча слушал. Надо будет сказать комиссару, что он плохо защищает информацию обо мне. И что его помощник начинает прыгать через начальственную голову. Но это потом.

— Допустим. Это, может быть, и правда. Так почему я? Почему им самим не разобраться в ситуации?

— А они уже разобрались. Те, кто совершил ужасное деяние, наказаны. Но перед смертью они дали признательные показания о том, что заказчик из нашего мира. Заказчик — гражданин Союза демократических сил.

Вот это да! Такого я не ожидал. Понятно, что представители преступного клана смогли быстро найти убийц на своей территории. Но вот что заказчик из нашей части мира — это что-то новенькое. Граждане СДС настолько расслабились и стали мягкотелыми соплежуями, что даже для секретных операций и охраны границ здесь давно используют синтетиков. Которыми фактически командует Высший искусственный интеллект — ВИИ, созданный специально для защиты Демократических ценностей и гражданского населения.

Я сгреб шкатулку со стола и сунул в свою сумку. Рывком высвободился из цепких объятий дивана и направился к дверям.

— Берусь. Пришлите мне с курьером контракт на консультационное обслуживание вашего концерна, данные заказчика и его контакты на той стороне. Вот на этот адрес. Провожать не надо. Вознаграждение — двадцать зарплат. Половину — на мой счет вперед, сразу после подписания контракта. Без этого работу не начну. Расследование проведу как считаю нужным. Под ногами не мельтешите. Нашего разговора не было. Будут результаты — сам Вас найду и сообщу.

Вышел из нарядного, но весьма кукольного дома и закурил. Четверорукий привратник доложил, что такси вызвано, после чего с большим чувством собственного достоинства раскрыл надо мной зонт от солнца. Легкая вуаль облаков его не смущала. Вероятно, команда проводить меня включала еще и задачу проконтролировать во всем до момента отлета. Я задумчиво смотрел вдаль, анализируя первичные данные. Дело было необычным, но к этому я давно привык. По мелочам ко мне не обращались. Вот что меня смущало: впервые за последние десять-двенадцать лет в подозреваемых оказался кто-то из нашего союза. Действующий достаточно жестко на чужой территории. Как бы дело не оказалось пустышкой... Но! Но само расследование могло оказаться весьма и весьма интересным. И нескучным.

Как только я сел в гравишаттл и мы взлетели, достал из сумки сканер и проверил себя и свои вещи на чужие и ненужные мне девайсы. Их оказалось два. Один приклеили к пиджаку. Не зря его так наглаживали. Второй был где-то внутри коробки с «краской». Пришлось ампулы переложить в карман, а коробку и наклейку с пиджака выкинуть в окно. Под осуждающие комментарии ассистента такси. Только после этого я набрал Комиссара. С докладом такси о моем неспортивном поведении Транспортному менеджеру он разберется. А вот заказчик уже ничего не услышит.

— Приветствую Вас, надежда и опора Союза!

— Привет, Консультант! Давно не виделись! Соскучился?

— Я бы рад, но некогда. Всё дела, дела. Вы уделите мне полчаса сегодня или завтра?

— Завтра. Но полчаса на обед мало. Давай проведем вместе времени побольше. И поработаем, и поболтаем. Я выкрою окно в своем расписании. Ты занятный, необычный человек, и у тебя всегда полно интересных историй. А еще у тебя прекрасный вкус. Ты же помнишь: кто обращается с просьбой, тот и платит?

Я без особого энтузиазма подтвердил.

— Так вот, мне тут птичка напела про одно замечательное место. Прекрасная кухня и великолепный вид. Сейчас сброшу название — бронируй.

Комиссар с наслаждением уплетал свежие креветки, запивая чем-то пузырящимся. Он всегда заказывал очень нескромно, когда платил по счетам кто-то другой. Я задумчиво смотрел на него, потягивая синте-зированный «Гиннес» из высокого бокала.

— Нет, зря ты отказался здесь поесть. Прекрасная кухня и обслуживание! Вооб-ще, прекрасно все, кроме цен.

Он с удовольствием рыгнул, стер сал-феткой жирные полоски соуса с губ и от-кинулся в удобном обеденном кресле. Мы сидели в одном из роскошных ресто-ранов, расположенном на крыше небо-скреба в центре города и стилизованном под вершину горы. По неровным стенам струились ручьи и маленькие водопады, светильники в форме огромных сосулек мягко мерцали. Из сводчатых проемов бы-ло видно город далеко внизу, через легкую вуаль облаков.

— Ничего. Мне и оплаты этого счета вполне хватит для того, чтобы порадовать-ся за Вас. А перекусить я могу где угодно. Я не так взыскателен, как Вы.

Он осклабился, говоря всем своим ви-дом: нужна встреча — плати.

— С помощником разберусь. Но мяг-ко. И со временем. Уж не обессудь. Он из влиятельной семьи второй ступени, мне его навязали, и отказаться я не могу. Но то, что я не поспеваю за твоей славой, это не моя недоработка. А твоя заслуга. Слишком ты хорош и результативен. И кроме всего прочего — живой человек, а не синтетик. Твои результаты и способ мышления всегда сильно отличаются от результатов синтетиков и планирования операций ВИИ. Кстати, она не единожды присылала запрос на получение информации о посторонних операциях. Фактически о твоих операциях и об их результатах. Видно, чует, анализирует постороннее вмешательство в защиту Демократических ценностей, а информацию найти не может.

Он довольно усмехнулся. Я знал, что все департаменты по защите давным-давно передали все тактическое планирование ВИИ. Но доверять или любить ее больше не стали. Такова человеческая натура. Человек никогда не был благодарен своим рабам и работникам и всегда их во всем подозревал. И презирал. Насчет ВИИ я был спокоен. Она не отыщет мой цифровой след, потому что его просто нет. Во всех картотеках я числюсь просто профессором и консультантом кафедры истории в части Процесса разделения, его истоков и последующих поисков Пути. Одиночкой, человеком нелюдимым, с фобией в отношении любых вмешательств в мой организм с целью развития и оптимизации разума и тела. Иногда я исчезаю с работы, закрывая свои прогулы справками о лечении глубокой депрессии. Чудаков в среде интеллигенции хватает, и мне пока вопросов не задают. Ни органы контроля гражданского населения, ни сотрудники Департамента ВИИ.

— Тебе нужна помощь? Когда пойдешь?

— Нужен только коридор здесь и там. И дверь экстренного выхода. И стандартное оборудование. В общем, как всегда.

— А что получу я?

— Ничего, кроме моего согласия помочь. В тот момент, когда жизнь Вас заставит просить меня о помощи.

Он вздохнул и, посмотрев в сторону, тихо сказал:

— Хорошо. Говори место и время и что еще нужно... И привези мне бутылку настоящего бомбейского джина. Ты путешествуешь без досмотров. А у нас лакшеритовары из свободного мира запрещены. Санкции, сам понимаешь.

Я кивнул, сообщил информацию по запланированному участку границы для перехода и, не попрощавшись, пошел оплачивать счет.

КОМАНДИРОВКА

Гравитолёт разведки, без опознавательных знаков, экранированный и защищенный от всех каких только можно систем обнаружения и слежения, стоял на территории военной базы. В получасе лёта от границы. Людей на взлетном поле, конечно, не было. А синтетикам я безразличен.

Я вошел в кабину только в одежде, «голый». То есть у меня с собой не было гражданских коммуникаторов и прочих устройств. Ничего, что могло в другой грани нашего мира выдать во мне представителя Союза демократических сил.

В соседнем кресле уже ждала сумка с коммуникатором свободного мира, сигаретами их производства, небольшим количеством наличных денег, паралитическим пистолетом и моим раскладным ножом.

Комиссар с самого начала нашего знакомства несколько раз старался выпытать, зачем мне нужна эта странная вещь из прошлого. Ведь столько нового и смертоносного оружия изобретено и используется во всех уголках нашей планеты. Почему я не пользуюсь имплантами, хотя они могли бы сделать меня еще более эффективным и функциональным. Но я никогда ему не отвечал, и постепенно он смирился с моим чудачеством. Нож я всегда хранил в департаменте, забирая только на операции. И не только потому, что в нашей части планеты гражданским лицам государство запрещает носить любое оружие, гарантируя безопасность. Но и потому, что мой нож слишком много знает. В основном крови. Когда я цепляю его на пояс, то перестаю быть чудаком-профессором. Я становлюсь ищейкой и убийцей.

Гравитолёт резво взмыл на ручном управлении. И, держась ниже коридоров воздушного пространства, контролируемого разумом Транспортного менеджера, я повел его к границе. Люблю ручное управление. В жизни обычного гражданина эта опция доступна только в аварийных ситуациях. То есть никогда. Я же наслаждаюсь управлением, слившись с машиной и получая дополнительную мощь и маневренность. Эти ощущения доступны многим за счет имплантов и генных модификаций. Мне же остается только полет на ручном управлении.

Граница приближалась. Вот уже стали заметны холодные отблески силового поля. Конечно, оно не могло бликовать, но водяной пар, мельчайшие брызги и ветер, разбиваясь о защитный купол и преломляя свет, рождают причудливые искажения видимости и цветовые преломления. Когда до стены оставались метры, мерцание исчезло. Гравитолёт качнуло от ворвавшегося извне воздушного потока, стекло кабины покрыли тысячи капель и побежали ручейками в стороны.

Я добавил скорость — здесь можно не соблюдать никаких правил. Здесь их просто нет. Как и самого «здесь» для большинства населения нашей планеты. Просто за границами обитаемых миров начинается Пустошь. Местность никому не известная, кроме представителей разведок и членов банд контрабандистов. Корабль идет на предельной скорости, уверенно покачивая крыльями под порывами бокового ветра. Я максимально снижаю шаттл. Его скорость уже почти равна скорости звука. Где-то далеко позади бесшумно захлопнулась стена. Я остаюсь наедине с собой и со своим заданием.

Подо мной проносится Пустошь. Полоса отчуждения шириной местами в тысячи километров между мирами. Мирами с такими разными убеждениями и ценностями, уровнем жизни и отношением к смерти. Полоса, пролегающая по земле, но разделившая человечество так же надежно, как безжизненный и холодный космос. До входа в окно на территории Союза свободных сил есть еще время. Координаты окна, выданные мне Комиссаром, не дают сбиться с пути. Навигатор проложил кратчайший путь, и, когда я немного ухожу в сторону, он заботливо напоминает мне о правильном направлении, слегка подрагивая штурвалом. Подо мной проносятся холмы и горы, реки и озера.

Природа, лишенная давления со стороны человека, расцвела и поглотила любые упоминания о цивилизации, сто лет назад властвовавшей в этих местах. Сто лет... Для кого-то целая жизнь или несколько. А для меня просто каскад воспоминаний.

Я помню то прекрасное время, когда еще можно было мчаться на машине с бензиновым двигателем по шоссе, уходящему за горизонт. Наслаждаясь ревом мотора и ощущая каждый миг, как последний. Помню дискотеки и пляжные бары, где можно было влюбиться. И целоваться на ночном берегу или посреди заснувшего города с незнакомой девушкой. Не прося заверенные врачом документы о ее здоровье и не предъявляя своих. Помню время, когда, бросая нескромный взор или невыверенную фразу, надо было быть готовым отстаивать свое право на них в драке. Мы умели точить ножи и разжигать костры. Знали, что товарищество — это не только задушевные споры-разговоры в баре под дешевое синтезированное пиво. Мы были готовы любить и умирать за любовь. Боролись за право жить. И за шанс жить лучше, чем другие. Были эгоистами и мечтателями. Любознательно открывая этот мир для себя каждый день и легко пересекая границы.

За сто лет изменилось все. Я еще помню множество государств, верований, бесконечные военные конфликты, череду геноцидов. Все шло к последней и решительной войне, к уничтожению полностью или частично — человечества. Мир несколько раз содрогнулся от обмена ударами тактическим ядерным оружием. Целые регионы оказались заражены смертоносной радиацией на десятилетия. И когда некоторые территории, например Мадагаскар, стали полностью непригодны для проживания —

мировые элиты собрались. Движимые желанием преодолеть распри и договориться. Раз и навсегда. Тогда и произошло то событие, о котором я читаю лекции студентам. Вернее, рассказываю официальную версию. А мое мнение никому не интересно.

Событие называлось Процесс разделения и поиск Пути. Мировые элиты и руководители крупнейших и сильнейших держав договорились разделить мир. Физически. Они разделились между собой на три блока: Союз демократических сил, Мир традиционных ценностей и Союз свободных сил. В первый вошли Северная Америка, Австралия, объединенная Европа, Япония, Южная Корея, Израиль и государства Персидского залива. Во второй — Китай, Россия, Северная Корея, Иран и множество небольших государств, добровольно или вынужденно зависящих от них. Третье образование сложилось вокруг Индии, Пакистана и Южной Америки. Они не признавали власть ни первого, ни второго объединения. Они признавали только власть денег. К ним тоже примкнули множество признанных и непризнанных государств, не разделявших демократические ценности, но при этом не приемлющих тоталитарную власть.

Африку бессовестно растащили по частям крупнейшие игроки.

Потом было недолгое время, когда еще границы были открыты. И множество людей, понимая, что изменить они ничего не могут, бросились менять места жительства. Кто — в поисках стабильности, а кто — в поисках места, наиболее отвечающего их нравам и убеждениям.

Одно за другим вспыхивали восстания и локальные войны. Многие режимы, персоналистские сообщества и религиозные группы были не согласны с мнением мировых элит. Но все эти проявления инакомыслия были жестоко подавлены. Объединенными силами трех систем. Раз и навсегда... Без сожаления. Без фиксации для истории. Большинство населения так никогда и не узнало, что стало с несогласными. Еще какое-то время велась частная торговля, сохранялись туристические и миграционные потоки. Но потом все закончилось.

Первым захлопнул границы Мир традиционных ценностей. Слишком большой был отток населения, бежавшего от тоталитаризма. Сначала они бежали в Союз демократических сил. Но тот скоро отказался принимать мигрантов. Мотивируя это отсутствием у беглецов демократической ориентированности, отсутствием лишних ресурсов, пугая собственное население новыми болезнями и ухудшением криминальной ситуации. Все это якобы с собой несли беглецы от тоталитарных режимов. Захлопнув границы, традиционщики прекратили частную торговлю, туризм, ввели государственные въездные и выездные визы для избранных, прекратили обмен информационными потоками с остальными союзами.

Демократы ответили зеркально.

Дольше всех был открыт Союз свободных сил. Так как власть там фактически перешла в руки промышленных групп, корпораций и преступных группировок. А им были нужны рынки сбыта. Но после нескольких рейдов демократов и традиционщиков на их территории, в ходе которых пострадали несколько главарей кланов и руководителей корпораций, они тоже закрылись. Теперь любые контакты, торговые или представительские, шли только через специальные центры объединенных союзов. А после нескольких попыток частных групп, преследующих коммерческие или религиозные интересы, преодолеть границы, союзы создали буферную зону между границами и построили щиты. Так появилась Пустошь.

Спустя пятьдесят лет, когда сменилось поколение, никто ничего, кроме официальных версий происходящего, уже не помнил. Все потеряли интерес к истории, окунувшись в новые реалии жизни. По разные стороны занавесов люди жили и умирали, зная только одну, официально утвержденную на их территории версию событий прошлого. Страшились непредсказуемости, которую могли привнести в их жизнь люди из других миров. Разрыв между союзами становился все больше и начинал напоминать разрыв между цивилизациями — настолько разными были жизнь и ценности в каждом союзе. Новости были только официальными, машины пропаганды работали бесперебойно, и люди начинали всерьез думать так, как им вещали из всех информационных носителей.

Первой умерла международная наука и обмен знаниями. Все придерживали свои разработки при себе, опасаясь усиления соседей. Потом не поделили космос. В результате заварушки на орбите погибли несколько международных космических станций и, как следствие, закрылись все совместные проекты. После этого всеми сторонами был подписан документ о недопустимости нахождения чужих космических аппаратов над территориями друг друга. Последней умерла международная медицина, прекратив обмен данными о болезнях и методах их лечения.

На все это потребовалось еще почти пятьдесят лет. И наступило «золотое время Обретения Пути». Время, когда все население планеты было заперто в трех концлагерях.

СТАРИНА БОМБЕЙ

равишаттл дал сигнал о приближении к защитным щитам Союза свободных сил. Малейшая ошибка могла стоить жизни. Поэтому я включил автопилот и убрал руки со штурвала. Раз уж разведка организовала окно, глупо было бы сорвать операцию неуклюжим маневром. Шаттл резко снижал скорость. Мигали все датчики, подтверждающие активизацию всех типов защит. Мерцание на поверхности защитного поля было видно невооруженным глазом. Корабль почти завис на месте, как оса, готовящаяся к броску. Наконец что-то произошло, двигатели взвыли, меня вдавила в кресло нехилая перегрузка и... И мы проскочили. Шаттл завис в метре от земли. Я выбросил сумку и выпрыгнул на пыльную траву.

Глядя вслед удаляющемуся шаттлу, я в очередной раз подумал: а вдруг на этот раз я не смогу вернуться. Помню, в мой первый рейд меня охватило отчаяние и слабость. Я долго лежал в траве, не находя сил двинуться навстречу неизвестности. И чуть не стал добычей приграничного патруля. Повторять ошибки я не собирался. Вздохнул. Прикурил сигарету. Глубоко затянулся. Закашлялся. Табак также радикально различался, как наши ценности и миры. Включил коммуникатор и набрал номер.

Гравишаттл клиента прибыл к концу второй сигареты. Видно, меня ждали сразу в нескольких местах по периметру стены. Вероятно, места, идеально подходящие для несанкционированного пересечения границы, знала не только наша разведка, но и местные контрабандисты. То, что кланы — мастера контрабанды, — факт известный. Иначе откуда же у нас сотни видов запрещенных товаров? И «краска»... У нас! В мире, где не только курить и ходить с перочинным ножом, но даже ругаться запрещено! Поэтому, особо не удивившись, я помахал рукой. В ответ меня не расстреляли. Хороший знак! Шаттл снизился и, повернувшись ко мне бортом, гостеприимно открыл дверь в салон.

Внутри гравишаттла меня ждал еще один приятный сюрприз: за штурвалом сидела молодая, лет двадцати пяти, девчонка, симпатичная, восточной внешности. Раскосые глаза, миниатюрный носик пуговкой и ультрасиний ирокез на голове довершали образ. Улыбнувшись во все свои жемчужные зубки, она указала на место рядом. Я еще не успел пристегнуть защитный ремень, как корабль свечой взмыл в небо.

Штаб-квартира клана Омара располагалась в самом центре Бомбея. Огромный небоскреб в окружении четырех зданий пониже. Когда мы закладывали петлю для посадки на крышу центрального здания, я успел разглядеть наличие нескольких ракетных установок, причем на каждой высотке. Клан был явно богат и не задумываясь тратил средства на безопасность. Кто же рискнул посягнуть на жизнь одного из близких Омара?

При выходе из шаттла меня сразу обыскали, а затем вдобавок к этому весьма бесцеремонно запихали в сканер. Отсутствие имплантов слегка смутило операторов, но найденный паралитический пистолет — станер, как его здесь называют, — стал желанным вознаграждением. В общем-то для этого я его и брал. С важным видом он был изъят, а вот сигареты и коммуникатор отдали. Пообещали, что нож отдаст сам хозяин.

Скоростной лифт доставил меня в сопровождении охраны на минус тринадцатый этаж. «Глубоко зарылся Омар, — видно, нервничает». Двери лифта распахнулись и меня легонько подтолкнули к стойке ресепшен. За стойкой сидела шикарная

блондинка с голубыми глазами и длинню-
щими ресницами. Я подошел и с наглым
интересом уставился в ее декольте. Она же,
ничуть не смутившись и не разозлившись,
подняла на меня вопросительный взгляд.

— Спорим, Вы не угадаете, к кому я пришел?

— Конечно угадаю. Мы Вас все ждем.

— Так чего же Вы так меня рассматри-
ваете?

— Я сканирую Ваши возможные генные модификации. Импланты охрана не
нашла. Но похоже, Вы не улучшали себя.
Не так ли?

Я удивился. Такого выращенного или
встроенного в человека девайса я еще не
встречал.

— Ни имплантов, ни генных модификаций во мне нет — не мое.

— Очень странно. Вы редкий индивид.
Первый раз здесь вижу *чистого* человека.
Пойдемте, я Вас провожу.

И она грациозно выскользнула из-за
стойки и двинулась вперед, покачивая эле-
гантной кормой. Я последовал за ней.

Кабинет был скуп на эмоции. Отсутствие окон компенсировали светящиеся шары под потолком. Серые стены, лаконичная мебель, отсутствие каких-либо изысков. Настоящая берлога существа, которое пытается вершить судьбы и одновременно прячется от последствий своих поступков. В центре стоял стол. Вокруг него стулья. Поодаль кресло. С ремнями на ножках и подлокотниках. Видимо, для допросов. И всё.

Субъект, одиноко сидевший во главе стола, рассматривал меня с интересом и дружелюбно улыбался.

— Привет. Присаживайтесь. У нас гости из вашего мира — редкость. В основном провинившиеся и привезенные сюда, чтобы ответить за свои поступки. Но вот так, самостоятельно и не в мешке, — редкость.

Я пожал плечами. На своем веку мне довелось повстречать множество таких опасных индивидуумов. Но все они, по сути, были обычными кожаными мешками, только, кроме обычных внутренностей, набитыми еще амбициями и злобой. И огромным количеством боевых имплантов. Я молча устроился в кресле и, достав сигареты, вопросительно взглянул на хозяина. Тот кивнул и продолжил:

— У меня большой и старый клан. И уважаемый к тому же. Государством, корпорациями и другими кланами. Мы уже давно занимаемся не только тем, о чем я Вам не буду рассказывать, но и легальным бизнесом. Который в том числе обслуживают дельцы и юристы вашего мира. Мира соплежуев и радужных единорогов.

Он широко улыбнулся, и я увидел первый девайс. Зубы у него были острые, как у хищника. Не знаю, был ли от них толк в повседневной жизни, но впечатление на «соплежуев» они точно должны были произвести. Увидев, что мне безразлично, он с некоторым огорчением продолжил.

— Ладно, историями я Вас, видно, не впечатлю. Не знаю, кто Вы, но мне сказали, что Вы самый опасный радужный единорог с демократического берега. Кроме бизнес-подразделений, у меня, естественно, есть собственная служба безопасности. Легальная и не очень. Нелегальную возглавлял мой старый бригадир и друг — Монстр. Человек опытный и опасный. Со своими тараканами в голове, правда, и странными пристрастиями — но человек преданный. Он один в бою стоил десяти лучших бойцов, напичканных имплантами. Короче, Монстр.

В один из выходных дней он исчез. В интервал между моим разговором с ним и прибытием гравишаттла — в полчаса. Мы начали поиски и нашли его. Вернее, останки. Он состоял больше чем наполовину из имплантов, так что мы нашли меньшую часть. Зверски выпотрошенную и выброшенную на помойку. Сначала мы заподозрили владельцев клуба, где он в этот день отдыхал и малость набедокурил. Все умерли, так и не сказав ничего интересного. Но вот лакей на входе сказал, что с улицы донеслось требование о личном досмотре. Стандартное, полицейское. После того как Монстр вышел из заведения. Лакей хотел посмотреть, но его отвлекли слишком громкие крики в одном из номеров, и он побежал туда. А когда вернулся, Монстра, полицейских или тех, кто выдавал себя за них, уже не было. Была только личная сумка Монстра.

Омар наклонился, достал из-под стола прорезиненную сумку и толкнул по столу в мою сторону. Сумка преодолела разделявшие нас десять метров со скоростью мяча для большого тенниса, пущенного опытным спортсменом. Явно не обошлось без генных или технических модификаций в мышечной системе бандита. Я поймал сумку. Молча расстегнул.

И посмотрел в широко распахнутые мутные мертвые глаза существа, недавно бывшего хорошенькой генно-модифицированной женщиной. О чем свидетельствовали пушистые острые кошачьи ушки и вытянутая мордочка. В сумке помещалась только голова. Судя по трупным пятнам на ней и холоду, которым веяло от сумки, она пролежала в холодильнике около недели. Я застегнул сумку. Омар испытующе смотрел на меня.

— А ты молодец: ни соплей, ни отвращения. Видать, не в первый раз видишь трупы.

— Не в первый. Это набедокурил Ваш сотрудник?

Омар кивнул.

— У него были странные сексуальные фантазии. И уже давно. Поэтому, когда он закатывался с братвой отдохнуть, узнав его, всю компанию отказывались обслуживать. Тут же вызывали собственную службу безопасности. Короче, вместо приятного вечера сплошной геморрой. Тогда Монстр стал таскаться по публичным домам один, не представляясь, оставлял щедрые чаевые. Какое-то время это ему сходило с рук.

— Но не в этот раз, как я вижу.

— Не в этот... — со вздохом согласился Омар.

— Ну и чем закончилось Ваше расследование? Раз Вы пригласили меня, я так понимаю, ничем?

— Не совсем. Мы поставили всех на уши и выяснили, что за последние месяцы было несколько похожих инцидентов. Жертвами становились педофилы, насильники и убийцы. Нашпигованные по самое не хочу разными имплантами. Вот только они были одиночками, маньяками с улицы. Поэтому нас это не касалось. А наше гребаное правительство постаралось, чтобы в прессе это говно не всплывало. Ленивые бездари! Только жируют и дуют щеки — работать не умеют и не хотят!

Все, на что их хватило, — создать оперативную группу. Мы вышли на нее через наших карманных полицейских. Они ввели нас в курс дела. Все жертвы были выпотрошены так же, как мой человек. Их импланты похищены. Несколько свидетелей видели рядом с местом преступления полицейский броневик. У нас появилась версия: кто-то на халяву собирает дорогие импланты, используя для этого продажных полицейских. Дело это небезопасное, но некоторые импланты и вправду стоят огромных денег. По крайней мере, такие, которые себе ставил Монстр. Мы перетрясли всех продажных полицейских и вышли на парочку, которая в последний месяц стала сорить деньгами. Мы их взяли и поговорили.

— И что они вам рассказали? Или ничего не успели?

— Да нет, успели. Мы не торопились.

Омар плотоядно улыбнулся и что-то нажал на столе. Стена напротив меня мягко засветилась. Это был огромный экран метров шести длиной и высотой от пола до потолка. Началась демонстрация сцены пытки, снятой на видео предельно четко. Один человек висел вниз головой, второй был прикован к поверхности большого медицинского стола. У первого был вскрыт живот, и какое-то существо деловито и медленно тащило щипцами из него кишки. У второго конечности были зажаты в валики. Те медленно крутились, по миллиметру наматывая на себя кости и плоть пытаемого. Хруст костей. Стоны. Ручьи крови.

— Видите трубки у каждого? Мы собирали кровь и вкачивали им обратно, вместе с обезболивающим и антибиотиками. Ну чтобы не отключились или не умерли от болевого шока. Спасибо медикам! Они дают возможность детально поговорить с теми, к кому у меня есть вопросы.

Это было чудовищное зрелище. Люди на экране явно хотели умереть и не могли.

— Я не большой фанат видео с запрещенным контентом. И что же вам рассказали бравые полицейские?

Омар отвлекся от экрана. Мне показалось, что он просматривал видео с явным наслаждением.

— Короче, лично с заказчиком они не встречались. Он нашел их через нелегальную интернет-площадку, где обычно толкают наркоту, заказывают надоевших супругов и любовников. Короче, мелкий неинтересный бизнес. Но спрос рождает предложение. И эти уроды там пользовались спросом.

Их нашли и пообещали кучу денег за необычные и дорогие импланты. Порекомендовали снимать их с отбросов общества, маньяков и педофилов. Кандидатуры согласовывались с заказчиком. Списком. Они попробовали раз — нашли извращенца, битком набитого девайсами. Если такой пропадет, кто его будет искать? Им щедро заплатили и добавили «краски». У нас это редкая наркота. Народ здесь простой и предпочитает кайфовать по старинке. И не переплачивать. Им понравилось, и они продолжили.

Но вот однажды решили выследить заказчика, грохнуть его, забрать и деньги, и «краску». Зачем работать и получать по чуть-чуть, если можно сразу сорвать куш? Вот тут началось самое интересное. По номеру абонента они вычислили коммуникатор и его местоположение. Но когда ворвались в квартиру, там никого не было. Кроме коммуникатора с идентификационным номером Союза демократических сил на экране. Шмоток, какие любят носить у вас. Демократических вонючих сигарет и вашего поганого синтезированного пойла. А еще военной коммуникативной панели на столе. Знаете, такие, с помощью которых управляют наземными операциями, используя спутники для передачи данных? Наши слуги закона прямо охренели. А что делать? Не вызывать же полицию или разведку. У самих рыло в пуху. И они быстренько оттуда ретировались.

Их клиент с ними через некоторое время связался, отправил видеосъемку, на которой зафиксированы импланты и остатки биоматериала жертв в той самой квартире. А также отпечатки пальцев этих дебилов, которые они там оставили на всех предметах. Цену за работу уменьшил вдвое, но «краски» в их сраную жизнь добавил. Объяснил, что все должно быть тихо.

Они уже сильно не выделывались, выполняли поручения, как тренированные псы. Вот тут им наш Монстр и подвернулся. Мы после этого обследовали квартиру — ничего. Пусто. Абонент, которому принадлежал коммуникатор, и лицо, оплачивающее аренду жилья, — фантом. Кто-то создал фиктивную личность. Это дорого, но возможно. Если физически не выслеживать такой объект, никогда не обнаружишь подделку. Платежи он проводил через расчетный центр площадки, где платят за всякую чернуху. Мы их сами в свое время разрабатывали, чтобы никто не мог отследить наши операции. Так что тоже глухо. Единственная зацепка — дебилам хватило ума сфотографировать все предметы и их серийники, в том числе запустить коммуникатор и сфотографировать экран с идентификационным номером. У нас с вами техника все еще похожа, это единственный плюс.

Омар вздохнул и уставился на меня. Если бы я не понимал, что за птица мой собеседник, подумал бы, что это тупой розыгрыш. Ставки всё возрастали. Разведка СДС? Но на какой хрен им импланты? Что-то не сходилось. Вернее, не сходилось все. Наша разведка давно не проводит рейды в других союзах. Правительство сделало ставку на оборону. Оно тратит баснословные средства на разработку охранных систем и искусственный интеллект, управляющий ими. Или это частная инициатива, или что-то еще... Стало понятно, почему пригласили меня. Я специалист по поискам «чего-то еще». И искать надо на нашей стороне.

— Омар, Вы понимаете, что все это практически невозможно? Это очень похоже на фарс или розыгрыш. Может, это Ваши конкуренты?

— Я бы сам не поверил, не коснись меня лично эта ситуация. Но все мои партнеры и конкуренты клятвенно заверили, что это не они. Все перевели мне гарантийные платежи и предоставили заложников на время расследования. У нас есть взаимно принятые правила для подобных ситуаций. Когда много вопросов и нет ответов.

— Хорошо, я попробую разобраться. Даже не ради денег, хотя они совсем не лишние. Мне самому интересно, что же это такое. Почерк не похож на демократический. А цель ликвидации ради имплантов — вообще ахинея.

Омар кивнул, внимательно глядя на меня. Я встал.

— Спасибо за гостеприимство. Все, что отсняли эти нежити, скиньте на накопитель. Голову оставьте себе. На память. Информацию, а также мой нож и станер отправьте с курьером мне в гостиницу «Краун Бомбей». Я эту ночь переночую там. Под именем Дон Кихот Ламанчский. Имя редкое — найдете. Завтра мне будет нужен в десять утра шаттл. Не раньше. Не хочу толкаться в пробках. Я дам координаты, в какое место рядом с защитным куполом меня отвезти. Результаты сообщу Вашему юристу. При их отсутствии готов вернуть аванс.

Развернулся и покинул негостеприимный бункер. Мысли горной рекой проносились сквозь мой разум и струились вдаль. Туда, где таилась истина. Единственное, что я люблю больше «краски», — разгадывать загадки. Это то, что спасает меня от скуки.

МАЛИНА ТАК МАЛИНА

Отказавшись от предложения белокурого ангела, работающего на Омара, отвезти меня, я попросил вызвать такси. До гостиницы, но с промежуточной остановкой. Остановка была в частном хранилище ценностей. Так как гравишаттл был до «Краун Бомбей», я знал, что он меня дождется. В хранилище, как всегда, царила полутьма. Было тихо и почти интимно. Меня спросили о цели визита. Я сообщил о желании проведать мой сейф. У меня отсканировали ладонь, сетчатку глаза и взяли анализ ДНК. Не забыв одновременно угостить шампанским и усадив в прекрасное кресло.

Я не отказывался, хотя знал: если хоть один мой параметр не совпадет, кресло станет моим последним пристанищем в этом мире. Жесткость мер по охране хранилища была частично выше дозволенного местными законами. Но так как в нем и во многих подобных хранилищах лежали корпоративные, криминальные и государственные тайны, никто не возражал, когда незваные гости бесследно исчезали. Процедура проверки заняла не больше пяти минут.

Я заглянул в свой сейф, выбрал документы на имя Дон Кихота, взял побольше местных наличных денег — спасибо руководству ССС, они единственные оставили в обращении наличные купюры для расчетов. И проверил запас неиспользованных документов. На пару операций еще хватит, потом придется пополнить. Каких тут только имен не было! И господин Нильс Дикие Гуси, и сеньор Пиноккио, и многие другие известные мне персонажи.

Меня очень веселили мои шутки, которые понимал только я. Сто лет назад, после Разделения, все три союза сначала подчистили и отфильтровали классическую и современную литературу. На предмет лишнего свободомыслия в текстах и несовпадения с генеральной линией. А потом взялись за печатные издания как таковые. Книги меняют людей в лучшую или худшую сторону. Но меняют медленно. Поэтому перед пропагандистами была поставлена задача замещения печатных изданий чем-то более быстродействующим для скорейшей промывки мозгов населению. Так, полвека назад массовую культуру и учебники истории заполонили новые герои и новые трактовки событий прошлого, отвечающие интересам правящих режимов. И началось их ускоренное вживление в подкорку населения с помощью визуализации. Так проще промыть мозг. Когда пациент не напрягает извилины и просто потребляет контент. Череду вспышек и образов. И вот сейчас уже все потребляют только его. Книг никто не читает. Слишком тяжело, утомительно, долго и дорого. Даже переписка между абонентами стала редкостью. Все общение происходит через голосовые сообщения или видеозвонки. Бумажными книгами владеют только очень богатые люди, и еще иногда их можно найти в музеях. Но туда давно никто не ходит. Только по принуждению школьных учителей — дети. И те делают это для галочки. Настоящие библиотеки, открытые для всех, прекратили свое существование. Старые тексты или запрещены, или рассказывают о малопонятных вещах, которыми интересуются только ученые. Да и они изучают их лишь с целью написания научных статей и диссертаций, чтобы повысить свою позицию в научном сообществе. Труды эти, к слову, тоже никто не читает. Их формально оценивает Искусственный интеллект Департамента науки и развития.

«Краун Бомбей» — шикарная современная гостиница. Стоэтажный переливающийся рекламой округлый столб со стеклянными стенами, пульсирующими артериями вынесенных вовне лифтовых шахт, грузными опухолями внешних висящих над городом баров и ресторанов, жировыми складками открытых и закрытых бассейнов со стеклянным дном. Короче, помпезность, уродство и современное понимание роскоши в одном флаконе. Флаконе для единовременного проживания двух тысяч человек.

В фойе шумно, весело и пёстро. Люди всех цветов кожи и стилей одежды мягко перетекают от одной локации к другой, от ресепшен к многочисленным барам, кафе и мягким зонам отдыха. Фойе может одновременно вместить до пятисот человек. Зона ресепшен, длиной, наверное, около ста метров, больше напоминает торговые ряды старых базаров. Которых, конечно, теперь никто не помнит. Сотня клерков, с дежурными улыбками и в одинаковых ливреях, встречают гостей. От других шикарных отелей «Краун Бомбей» отличает то, что весь обсуживающий персонал — живые люди.

Меня это вполне устраивает. В этом современном Вавилоне один и тот же клерк через месяц тебя не узнает, в отличие от синтетиков. И не удивится, что теперь тебя зовут по-другому. А если заказывать самые дорогие номера, не удивятся и представители собственной службы безопасности, когда их системы распознавания тебя выхватят из толпы и укажут специалистам на несовпадение персональных данных с твоей внешностью. На то в элитных гостиницах Союза свободных сил есть внутренние директивы. Если клиент богат и у него есть маленькие тайны, так и должно быть. Больше заплатит. Мне и моей профессии это подходит.

Я взял трехкомнатный люкс с собственным внешним бассейном и баром на сотню наименований натуральной выпивки. «Как я люблю Союз свободных сил! Никакой синтезированной гадости для приличных людей! Никакой экономии ресурсов и заботы об окружающей среде!» Плюс спортивный зал с роботренером и массажистом. Я показал свои одноразовые документы. Рассчитался наличными. «Еще один плюс этого мира!» Положил сверху дополнительную купюру, которую мой менеджер втянул в рукав с волшебством фокусника. Предупредил, что жду курьера, а больше ничем до десяти утра беспокоить меня не стоит. Получил цветную однодневную татуировку на ладонь с индивидуальным кодом, позволяющую открывать все двери и везде рассчитываться в кредит. Поднялся к себе на девяносто пятый этаж. Выше только президентские номера. Но мне нравился и этот. Ценой в месячную среднюю зарплату за ночь.

Надев пушистый халат и сходив в спортзал на сеанс массажа, я подошел к бару и задумчиво изучил содержимое. Выбрал бутылку южноамериканского тридцатилетнего темного рома и подходящую для такого случая сигару ручной скрутки. Распахнул двери, ведущие к бассейну.

На меня дохнул вечерней прохладой и миллионами ароматов старина Бомбей. Море огней вокруг тянулось до горизонта. Сверху улыбалась острым серпом вечная луна. Я помахал ей рукой и откупорил бутылку. Прикурил сигару. Развязал халат, рухнувший с меня под собственной тяжестью. Поставил бутылку с пепельницей, заботливо обнявшей сигару, на край бассейна. И упал в его освежающие объятия навстречу городу, который через стеклянное дно звал меня. Все-таки я очень люблю Союз свободных сил. Где все можно. И даже если нельзя, но у тебя есть деньги, все равно можно.

Робот-лакей заботливо сообщил, что в дверь звонят. Я попросил вывести проекцию с камеры перед входом на стену напротив меня. На пороге терпеливо ждала знакомая мне секретарша Омара. Я не торопясь разглядывал ее. Она послушно смотрела в камеру. Я разрешил войти. Девушка вошла, и я помахал ей рукой. Она подошла к краю бассейна и оценивающе взглянула на меня.

— Я принесла накопитель. И Ваши вещи.

— Тебя как зовут?

— Нинель.

— Нинель, ты когда-нибудь проводила ночь с «чистым» человеком? По крайней мере, это твой термин.

— Я не проститутка. Я помощник своего руководителя.

— Ну да, а еще ему больше некого было послать ко мне, кроме тебя, — усмехнулся я. — Давай оставим эту часть беседы и насладимся ночью. Ром будешь? Если нет, выбери в баре выпивку. И возьми себе стакан или бокал. Я пью из бутылки.

Минуту она молча смотрела на меня. Потом нарочито неспешно сняла одежду. Какая роскошь! Не знаю, наградила ли ее природа этим телом или это результат недешевых операций, но пропорции естественные, а красота не пошлая и не вызывающая. Алые губы и ледяные голубые глаза, нежная идеальная грудь с большими розовыми сосками. Похожа на Венеру, рожденную в пене морской и навеки запечатленную в старинном искусстве. Но конечно, такую картину моя Нинель никогда не видела.

Вот она медленно спускается в подсвеченный бассейн, преодолевает разделяющее нас расстояние и смотрит мне в глаза. Я делаю обжигающий глоток из бутылки и передаю ей. Она знакомится с огненным сыном тропического солнца и сахарного тростника. Закрывает глаза и задерживает дыхание. Выдыхает, смотрит на меня бездонными ледниковыми озерами, приближается вплотную и, обняв за шею, долго целует. Ее сочные свежие губы оставляют вкус малины. Малина так малина. И я прижимаю ее к себе.

Нинель разбудила меня нежным и очень приятным способом. Мы лежим под теплым облаком одеяла, под потолком плавают проекции созвездий, мягко освещая огромную спальню.

— Уже восемь тридцать утра. Пора вставать. Мне на работу. Тебя в десять будет ждать гравишаттл на крыше. Ты покормишь меня завтраком?

Я целую ее в нежный носик и командую роболакею вывести меню завтраков на стену и открыть окна. Окон в номере нет, поэтому стеклянные стены просто теряют тонировку и становятся прозрачными. В комнату врывается свет утра. За стеной уже кипит рабочий день, шаттлы деловито снуют между высотками. От стен небоскребов, отражаясь, рассыпаются миллионы бликов солнечного света. Я выбираюсь из объятий огромной кровати и в чем мать родила направляюсь в ванную. В нашем мире это неприлично, но я так люблю. Свобода превыше всего, даже в таких глупостях. Когда я возвращаюсь, Нинель уже одета, а завтрак, лаская обоняние пряными ароматами, стоит на столе.

— Заказала на свой вкус.

Я кивнул и налил дымящийся кофе.

— У тебя прекрасный вкус, Нинель. Ты не хочешь спросить, как меня звать?

— Ты же все равно не назовешь настоящее имя. Тогда к чему это? Да и навряд ли мы снова встретимся.

— Никогда не говори некогда, — шучу я прекрасной присказкой из старинного шпионского фильма.

Она не понимает шутку и кивает с серьезным видом. Мы не спеша завтракаем. Горячая еда и ароматный африканский кофе прогоняют остатки хмеля и ночи, полной любви. Нинель деловито смотрит на меня.

— У тебя двадцать минут собраться и подняться в зону вылета. На столе в прихожей твой станер и странное маленькое устройство с лезвием. За номер Омар заплатит, как и за все, чем ты здесь пользовался.

— И за тебя, Нинель?

— Фу, пошляк. Удачи тебе!

Она ткнулась губами в мою небритую щеку, ладошкой стерла отпечаток помады и убежала. Я встал и проверил свои вещи. Все на месте. И информационный накопитель тоже. «Надеюсь, ее отчет Омара устроит. Теперь пора работать, чтобы мой тоже его устроил», — подумал я. Собрал свой нехитрый скарб, взял бутылку самого дорогого джина из бара и не оглядываясь вышел из номера.

Ровно в десять я на крыше. Люблю точность. И это несколько раз спасало мне жизнь. В просторной зоне вылета одновременно могут поместиться до двадцати стандартных гравишаттлов. По сути, парковочных мест только пять, для ВИПов. Остальные шаттлы садятся, высаживают или принимают гостей с их чемоданами и взлетают. Из одного корабля меня окликнули. Это уже знакомая мне красавица-пилот со смешным ирокезом на голове. Я сажусь, сразу пристегиваюсь, памятуя о ее резвой манере пилотирования. Даю координаты. Она молча кивает, срывает гравишаттл с крыши и, нарушая все правила движения, уносит нас прочь из Бомбея. Ни полиция, ни кто-либо еще нас не преследует. Второй безумный шаттл я бы сразу заметил.

— А у Омара теплые отношения с транспортной полицией.

Она повернулась, улыбнулась мне и подмигнула.

БОЙТЕСЬ ДАНАЙЦЕВ, ДАРЫ ПРИНОСЯЩИХ

ересечение всех границ прошло по плану. То ли по моему, то ли по плану разведки Союза демократических сил. Как только я оказался дома, проверил записи локальной системы охраны квартиры на предмет возможных проникновений. Затем — физические сторожки, которые всегда оставляю перед выходом. Загнутые уголки белья в шкафу, определенный порядок вещей в тумбах, волосок, соединяющий створки рабочего секретера. Всё на месте. Старый шпионский прием, но рабочий. Гостей без меня не было. Ну и славно! Включил коммуникатор. И отправил сообщение комиссару Департамента защиты демократии извне с просьбой о встрече. В ответ он прислал время встречи и место, в котором бы с наибольшим удовольствием меня выслушал.

Затем я позвонил своему личному доктору и сказал, что два дня был дома, в депрессии и пил антидепрессанты. Он дежурно посетовал, что я не слежу за здоровьем и что надо было его вызвать домой, раз было так плохо. Мое цветущее лицо вопросов у него не вызвало, чему, вероятно, способствовал мой денежный перевод раза в три больше, чем стандартная оплата консультации. Еще раз призвав меня заняться здоровьем, он выписал больничный и отключился. Больничный тут же полетел в службу кадров моего института. Там у меня тоже все были прикормлены. Но порядок есть порядок. Меня только спросили, когда я смогу продолжить читать лекции. Я заверил, что через пару дней выйду на работу, и пообещал не теряться. Занялся бронированием столика в заведении, где со мной был готов встретиться Комиссар.

Что ж, сноровку он не потерял. Цены, как всегда, заоблачные. Время, естественно, обеденное. Такое ощущение, что у него всегда наготове обновляемый список уникальных элитарных мест на случай нашей возможной встречи. Наши нечастые контакты напоминали игру. Когда обращался он, я старался вытащить его в самые бедные районы, населенные простыми людьми, многие из которых были выходцами из других стран. Но при этом национальные заведения, несмотря на отсутствие скатертей и пластиковую мебель, дарили прекрасный экскурс в гастрономические традиции далекой и давно потерянной родины этих людей. Рецепты передавались из поколения в поколение с трепетом и любовью. Иногда я приглашал поваров или владельцев за стол и знакомил с ними моего визави. Надо отдать ему должное, Комиссар не чурался этого общения. И иногда даже впоследствии бескорыстно помогал этим людям. Ну и с радостной улыбкой оплачивал счета этих заведений. В свою очередь, когда обращался я и счет был за мной, он не стеснялся шикануть. Я со вздохом забронировал стол. Переоделся и рванул на встречу.

На этот раз ресторан был на границе города и предместья. Специализировался на натуральном мясе под прекрасные натуральные вина. Охранялся и выглядел как особняк какого-то богача. На крыше была даже видна серьезная станерная установка для борьбы с летающими целями. От гражданских шаттлов и до боевых беспилотников. Наземного входа не было. Поэтому каждый гость волей-неволей попадал в прицел станера и проверялся автоматической системой на наличие его в списке заказавших столик. Оформлять бронь нужно было как минимум за месяц. Кроме того, требовалось внести немалый невозвратный аванс. Или иметь отношение как минимум к третьей ступени Демократических ценностей. Хитрец-комиссар в очередной раз проверил мою способность проникать в места, куда обычным людям вход воспрещен. Причем делать это в немыслимо короткие сроки. Он называл меня «Ключ от всех дверей». Даже не подозревая, что когда-то давным-давно был снят весьма страшный фильм с таким названием. Все его попытки выяснить, как я преодолеваю непреодолимые бюрократические препоны, как попадаю в районы с жесткой пропускной системой, ничего не давали. На расспросы я не поддавался. А для работы это было полезно. Поэтому он отстал и бессовестно пользовался моими возможностями. Я терпел. И со стороны это было похоже на дружбу. Которой со временем могло и стать.

Когда я спросил девушку-хостес на входе, зачем такие меры безопасности, она ответила с досадой, что им и их клиентам надоели попытки диссидентов залить ресторан и гостей красной краской. Или сорвать разгрузку натуральных продуктов. «Проклятые защитники природы! Куда только правительство смотрит!» — сказала она.

Комиссар налегал на второй огромный стейк. Я с интересом наблюдал, потягивая натуральный сидр, справится он или нет.

Наконец толстяк отвалился от стола и закатил в восторге глаза.

— Зря ты не попробовал! Боже, я столько слышал об этом ресторане! И все правда! Закажи мне бутылочку красного из Европы и спокойно поговорим.

Опуская подробности, связанные с моим заказчиком и заданием, я рассказал с того места, где коррумпированная полиция обнаружила гнездо Союза демократических сил. Прямо в столице Союза свободных сил. Он отмахнулся от меня, причем вино плеснуло в его бокале опасной волной и чуть не облило мой светлый шерстяной пиджак.

— Это невозможно. Ничего из того, что ты мне рассказываешь, быть не может. Ахинея какая-то. Зря только мотался.

— Ну не зря, я привез Вам чудесный джин.

И я протянул ему сверток. Он без зазрения нырнул туда и даже зажмурился от удовольствия.

— Но может, это не ваш департамент, а разведка?

— Исключено, это нарушает все базовые законы и последние внутренние распоряжения. И если бы кто-то из наших служб попробовал провернуть что-то подобное, я бы...

Я молча достал планшет и начал показывать ему фотографии. Комиссар замолчал на середине тирады и, выпучив глаза, смотрел на экран. Его физиономия начала багроветь, он еле слышно шептал: «Не может быть! Этого не может быть...» Вино из наклоненного бокала тоненькой струйкой лилось на белоснежную скатерть, но он даже не замечал.

— Ты точно уверен, что это не подделка? Не мистификация?

У меня перед глазами всплыла картина пытки людей, и я, кивнув, подтвердил, что уверен.

— Что же, кому-то сильно влетит. Не просто сильно — смертельно. Прощай должность и пенсия. Хорошо, что это не мой департамент, а соседи! У тебя есть накопитель с этими данными? По почте не вздумай мне такое слать.

Я кивнул, вытащил из кармана накопитель и протянул ему. Он вскочил, потряс мою руку и, забыв про вино и про джин, рванул к выходу. Иногда возможность сожрать конкурента в межвидовой борьбе стимулирует сильнее, чем взятки и мольбы о помощи. Я улыбнулся, налил бокал вина и решил еще немного посидеть, прежде чем попросить счет.

Намеки комиссара, что я дружу или сплю с кем-то из элиты Демократических ценностей, были небеспочвенны. Я сам был из этих самых ступеней. Вот только я был паршивой овцой. Я имел к ним отношение, но при этом ненавидел их. За то, что они сделали с миром. И продолжают делать. В высших ступенях есть всего несколько человек, к которым я отношусь с уважением. А тех, кого любил и к кому был привязан, в списках живых уже нет. Я никогда не любил роскошь, не считал себя выше других. И это принципиальное отличие. Отношение элиты к обычным людям, безмерная гордыня мне отвратительны. А их образ жизни кажется скучным. Поэтому однажды, после череды страшных событий, переживая за собственную безопасность и безопасность приютившей меня семьи, я собрался и ушел. Оборвав все связи. И выбрав странную, но интересную профессию. Позволяющую не скучать и поддерживать все необходимые для выживания навыки в тонусе. Единственное, что оставил, — свой персональный код. Пропуск в закрытый мир. На всякий случай.

Утро не задалось. В десять утра Комиссар первый раз за все время нашего знакомства сам набрал мой номер. Не прислал сообщение с требованием встречи. А сделал звонок и продолжал колоколить до тех пор, пока я не отвечу. Я ответил. И с опаской за его здоровье рассматривал его багровую рожу, еле помещающуюся в экран коммуникатора.

— Ты что за дерьмо мне припер? Я только ко написал запрос, как меня сразу пригласили на встречу во вторую ступень Демократических ценностей! К председателю!

Где ты, засранец? Я сейчас же приеду в любое место, отвечающее твоему пониманию безопасности.

Происходило что-то экстраординарное. Кроме как пригласить его домой, на ум ничего не пришло. Я назвал адрес.

Комиссар сидел напротив в моей аскетичной кухне и буравил меня глазами.

— Ты во что меня втравил? Я первый раз в жизни видел нашего лидера вживую. И это благодаря тебе. И эта встреча больше походила на допрос, чем на давно заслуженное поощрение.

— Я тоже рад Вас видеть. Я делаю свою обычную работу. То же самое, что делаю изредка и для вашего департамента. Может, хватит эмоций и перейдем к делу?

— У тебя есть что выпить?

— Конечно. Прекрасный джин. Причем Ваш. Вот только тоника нет.

— Лей так, уже не до эстетики.

Он рассказал, как его вызвали во Дворец Демократических ценностей. Как на входе обыскали и просканировали, словно обычного гражданина. «Сволочи! Бюрократы! Я это запомню!» Как в маленькой переговорной он лицезрел самого лидера Союза. А также руководителя разведки СДС и главу Департамента ВИИ — фактически командующего вооруженными силами Союза. Они затребовали от него всю информацию об операции, в результате которой он получил эти данные. Так как он ничего не знал об операции, — «Спасибо тебе! Подставил так подставил!» — он был вынужден юлить и походил на осьминога, которого однажды ел живьем в очень дорогом японском ресторане. Ему дали срок в двадцать четыре часа для подготовки полного отчета, по результату которого с него или просто снимут погоны, или, сняв, запихают ему в зад.

Отбарабанив эту тираду, он махнул стакан. Схватился за рот — джин был не только хорош, но и крепок. Выдохнул, икнул и уставился на меня. Я молча закурил. Похоже, все было хуже, чем просто экстраординарно. Стараясь мысленно подобрать слова, я было уже начал полуправдивый рассказ о моем задании, как взвыли все системы охраны. Сообщая, нет — крича, о попытке незаконного вторжения в мою частную жизнь. Комиссар вскочил и тут же упал плашмя лицом вниз. У меня в голове поплыл туман. В глазах заплясали кровавые пятна. «Интересно, мой собеседник разбил себе морду или нет?» И свет погас.

ОТЕЦ

Голова болела так, что, казалось, еще секунда — и она взорвется, расплескивая остатки мозгов, воспоминаний и мыслей. Болели даже глаза. По отдельности. По-моему, правый болел сильнее. Поэтому я постарался открыть левый. Несмотря на туман, плохую резкость и какие-то пятна, я различил, что нахожусь в большом и темном помещении. Попытка поставить себе диагноз и оценить положение ничего не дала. Кроме головы, еще страшно болели кисти рук и плечи. Может быть, оттого, что вся боль не помещалась в голове. А может, потому, что я висел в полуметре от земли с вывернутыми суставами. Подвешенный за стянутые руки. «Что же, бывает. Соберись. Надо жить дальше. Выравниваем дыхание. Пробуем пошевелиться и оценить ущерб...» Это подарило не только новую освежающую порцию боли, но и смешное сравнение с грустным яйцом великана, по которому сравнительно недавно и от души пнули. И вот оно болтается и болит, болит и болтается. Я через боль засмеялся.

— Очухался!

В коридор моего зрения вплыли трое. Один — сравнительно молодой, второй — толстый мужчина неопределенного возраста в генеральской форме. Третий был худ, стар, и его злобное лицо было вроде знакомо. Я открыл второй глаз. Рожа молодого тоже была в моем списке болезненных воспоминаний.

— Привет Вам, помощник комиссара. Простите, не помню имени. Но если развяжете руки, поищу Вас в списке абонентов в коммуникаторе.

— Шутник! И кстати, уже не помощник, а исполняющий обязанности комиссара! А ты, сволочь, продажная тварь ССС, заткнись и отвечай на вопросы. Шутить на том свете будешь!

И для полной убедительности он в меня чем-то ткнул. По ощущению — электрошокером, выставленном на максимальное напряжение. Мир закружился в потоке боли. И похоже, меня вырвало. Когда картинка вернулась, я обнаружил, что собеседники слегка отодвинулись. Все-таки вырвало.

— Надеюсь, господа, вам тоже досталась часть вашего радушия, — слабым голосом и с нескрываемой иронией пошутило грустное яйцо великана.

Молодой дернулся, но был остановлен стариком.

— Вы хорошо держитесь, Консультант. Да, мы познакомились с Вашими файлами, пока Вы были в отключке. Комиссар, несмотря на нарушение множества директив, все-таки протоколировал каждое Ваше взаимодействие. Все тридцать пять раз. Из тех шестнадцати, в которые он задействовал Вас в интересах нашего Союза. А что Вы делали и чьи задания выполняли в остальные девятнадцать? И кто Вы на самом деле? Ваш персональный код не может быть настоящим. Но с учетом его статуса мы продолжаем разбираться с Вашей личностью и скоро всё узнаем. Уж поверьте.

— А-а, лидер Союза! Рад Вас видеть. А Вы, следовательно, или руководитель разведки, или руководитель Департамента ВИИ. Приятно познакомиться. Извините, что в таком виде. Не успел подготовиться к встрече на столь высоком уровне. Может, угостите сигаретой, а то у меня руки заняты.

Лидер Союза поморщился и стал похож на гниющую старую сливу. Но тем не менее кивнул молодому. Тот подобострастно отвесил ему полупоклон, достал сигареты и подошел ко мне, стараясь не испачкаться в блевотине.

— Смелее, исполняющий обязанности! Когда станете комиссаром, Вам не в рвоте, а в говне придется ковыряться!

Тихо шепча проклятия и с ненавистью глядя мне в глаза, он все же прикурил и вставил мне в зубы сигарету.

— Всё? Вы довольны? Можно мне продолжить? — почти с отеческим сочувстви-
ем и нежностью спросил Лидер.

Я подбадривающе промычал что-то похожее на «Валяйте!». Стараясь не поперх-
нуться дымом и не подавиться сигаретой.

— Видите ли, Вы описали Вашему приятелю в погонах ситуацию на территории
ССС с якобы присутствием наших специалистов там. Это очень увлекательно, но
полная чушь. Мы проверили. Никто, слы-
шите, никто не проводил там операции
в последние лет десять. И мы проверили
фотографии, которые Вы ему передали. Вероятно, это очень качественная подделка,
хотя непонятно, как и где Вы добыли фото сверхсекретной военной коммуникаци-
онной панели. Конкретно этой разработке
всего полгода, и, когда мы с Вами закон-
чим, Вы будете общаться уже с военными.

Но вот что тревожит лично меня и этих
двух джентльменов: как Вы узнали о действиях разведки ССС на нашей территории? Да, мы нашли их квартиру, коммуникаторы, кучу оружия и некоторые вещи

пропавших наших сотрудников. Точь-в-точь как Вы описывали ситуацию там, но только зеркально. Или это была Ваша квартира? И Вы двойной агент? Или с учетом Ваших «командировок» в Мир традиционных ценностей — тройной?

Я все-таки закашлялся. Сигарета повисла на заблеванной губе и немилосердно жгла. Но поток вопросов жег сильнее. «Зеркальная! Ни хрена себе! Что вообще происходит? Как этот ублюдок Омар может быть связан сразу с двумя операциями спецслужб на двух враждебных друг другу территориях?»

— Господи, да уберите вы сигарету из его поганого рта! Меня сейчас самого стошнит! — заорал старик отвратительным фальцетом.

Молодой оглянулся и, убедившись, что застывший генерал не собирается ничего делать, со вздохом смахнул бычок с моей обгоревшей губы. Где-то сбоку раздался грохот, похожий на звук металлической двери, распахнутой с пугающей силой.

В туннель зрения влетел человек в военной форме и кратко доложил Лидеру.

— Сэр, простите! Ничего нельзя сделать! У них высшие допуски! Такие же, как у Вас!

Говоря все это, он с испугом оглядывался назад. Вероятно, было на что. Все видимое пространство стремительно и бесшумно наполняли люди или человекоподобные существа весьма внушительных габаритов. Под два метра ростом. В одинаковой форме черного цвета без знаков различия. Они довольно деловито вжали троицу допрашивавших в стену. Ткнули в бок служащего, доложившего об их появлении, и выставили его из помещения. Какими-то приборами обследовали видимое мной пространство. Затем один из них прорычал в пустоту за моей спиной: «Чисто!»

Из неизвестности позади меня не торопясь вышел высокий худой человек в чем-то вроде плаща и в капюшоне. Остановился перед Лидером.

— Вы узнаёте меня?

И тут произошло совсем уже странное. Лицо Лидера осветила благоговейная улыбка. Он сложил руки на груди и восторженно сказал:

— Сэр! Спасибо, что посетили нас, сэр! Конечно, я помню, как Вы присутствовали на моей инаугурации и присяге! И знаю, какой комитет Вы возглавляете. Что мы можем для Вас сделать?

— Можете пойти вон. Я сам поговорю с ним и решу его судьбу. Он поступает в юрисдикцию моего комитета. Передайте моему помощнику все его вещи и документы. И материалы следствия. Закройте по нему все текущие дела. И забудьте, чем занимались здесь сегодня.

Лидер кивнул, и троица суетливо вышла из помещения. Человек поднял руку, и его свита тоже вытекла за грань моего зрения. На руке блестело кольцо со знакомым мне символом. Это был символ первой ступени. Грохнула закрытая металлическая дверь. Незнакомец подошел, снял капюшон и посмотрел на меня.

— Ну здравствуй, сын.

ЖИЗНЬ, СМЕРТЬ И СЕМЕЙНЫЕ ЦЕННОСТИ

Мы смотрели в глаза друг другу. Он улыбался с насмешкой в уголках губ. Я пялился с немым вопросом.

— Вообще-то, я сирота. Но если Вам так нравится, можете и так ко мне обращаться. Мне всё равно. И кстати, если мы родственники, может, снимите меня? Руки слегка затекли.

Он молча зашел за мою спину и произвел какие-то манипуляции. Я рухнул. «Мог бы и понежнее», — мелькнула мысль. Я опустил руки и испытал почти блаженство. Человек наклонился надо мной, достал из рукава тонкий стилет и перерезал веревки, стягивающие руки.

— Поехали домой. Тебя надо отмыть. Там и поговорим.

Во дворе государственного учреждения, где меня допрашивали, стоял обычный гравишаттл. С эмблемой такси. И сопровождавший его армейский тяжелый десантный броневик. Двор был оцеплен безмолвными человекоподобными существами в черной форме. Мы подошли к шаттлу, открылась дверь... Это точно было не такси. Кожаные сиденья, вставки красного дерева, хрустальная люстра под потолком кабины.

— Присаживайся. Пристегнись. Справа за панелью бар — плесни себе что-нибудь. Взлетаем!

Пилот мгновенно отреагировал. Такси взлетело, броневик рванул следом.

Судя по скорости, корабль вели на ручном управлении. Направлялись мы ориентировочно в сторону океана. Сначала под нами пропал город. Потом исчезли загородные дворцы и виллы. Мы влетели в национальный заповедник. Я взглянул на своего нового знакомого. Тот неподвижно смотрел в окно.

— Может быть, Вы объясните, что происходит?

Но тот, не оборачиваясь и не проронив ни звука, поднял руку. Ладно, поговорим дома, папаша.

Мы уже почти пересекли заповедник. Стал виден океан. Шаттл начал скидывать скорость и высоту. Но под нами, кроме невысокой горы с обрывистым склоном в сторону берега, ничего не было. И тут произошло интересное явление. Гора как бы лопнула, и под этим разбегающимся в стороны волнами изображением возникла другая картина. Большой двухэтажный дворец в федеральном стиле, с огромным садом, фонтанами, гравийными дорожками и замысловатыми лабиринтами из стриженого кустарника. Территория его зримо нигде не заканчивалась. То ли он принадлежал заповеднику. То ли заповедник принадлежал дворцу. Гравишаттл мягко сел прямо перед центральным входом.

— Ничего себе! Первый раз вижу одновременное использование защитного и маскирующего полей. Да еще и в частных целях. Вы, вероятно, не последний человек в первой ступени?

— Не люблю гостей, — только и ответил хозяин дома.

Меня передали в руки слуг. Тех не смутила ни моя блевотина, ни кровоподтеки на руках. Меня отвели в спа-центр, проворно раздели, запихали сначала в обычный, потом в контрастный душ. Когда я распаренный, заметно освежившийся и повеселевший вышел, меня уже ждала чистая одежда. Причем моего размера. Я оделся и был оперативно сопровожден в кабинет хозяина.

Кабинет был огромный. Вот только, в отличие от кабинета Аполлона, все стены до шестиметрового потолка занимали стеллажи с книгами. Высоту стен пополам делили опоясывавшие зал деревянные резные хоры для удобства выбора книг. Мебель была деревянная, тяжелая, старинная, со вставками зеленой натуральной кожи. На роскошном паркетном наборном полу небрежно лежали несколько шкур хищников. У впечатляюще большого мраморного камина, в котором потрескивал огонь, стояли два кресла и маленький сервировочный стол между ними. Хозяин курил сигару, задумчиво глядя на потрескивающие дрова, и ласково трепал за ухо здоровенного черного дога. Который, к слову сказать, тоже спокойно пялился на огонь. Так как мне никто ничего не предложил, а слуга тихо удалился, я сделал небольшой ознакомительный круг по кабинету, подобно акуле, и приземлился рядом с хозяином в соседнее кресло.

— Спасибо за душ и одежду.

— Не за что. Около окна бар. Плесни себе что-нибудь и можешь взять сигару. Хьюмидор там же. Разговор будет долгий.

Я думал, что за мою довольно длинную по человеческим меркам жизнь, меня навряд ли можно заинтриговать. Но у таин-

105

ЖИЗНЬ, СМЕРТЬ И СЕМЕЙНЫЕ ЦЕННОСТИ

ственного незнакомца это явно получалось. Пришлось встать, налить виски, выбрать и обрезать ароматную сигару и вернуться в кресло. Мой собеседник, не глядя на меня, продолжил.

— Ты родился сто тридцать лет назад. При рождении получил имя Алекс. Меня зовут Джон Младший. Я потомок одной из ста двух богатейших семей Северной Америки. Наша семья владела огромным медицинским концерном. Официально мы боролись с болезнями. Неофициально занимались разными запрещенными тогда вещами. Клонированием, генными модификациями. И все это на людях. Мы были одной из семей, создавших этот мир, где сейчас можно усовершенствовать себя как угодно. Но тогда это было табу. Ты родился с врожденной опухолью мозга. Неоперабельной. Мог умереть в любой момент. Врачи мне предлагали сказать твоей матери, что плод рожден мертвым и усыпить тебя. Я не согласился и начал бороться.

Забрал тебя от матери, понимая, что времени мало. И наверное, именно в тот момент и потерял ее навсегда. Но тогда это было неважно. Были привлечены лучшие ученые и врачи. Была создана целая научная группа, не ограниченная ни законом, ни бюджетом. Выдвигались и проверялись самые смелые гипотезы. Проводились запрещенные опыты. Но никто не мог тебе помочь. Одним из врачей был гениальный, на грани безумия, генный инженер. Он предложил не бороться с опухолью, а прокачивать в тебе такие фантастические вещи, как регенерация. Чтобы даже в случае разрыва опухоли ты имел шанс выжить. Я выдал ему карт-бланш. Ты получил всевозможные генные усовершенствования от редких млекопитающих и рептилий, от различных растений и грибов. Несколько раз умирал во время операций и опытов, но мы откачивали тебя и шли дальше. С твоей матерью Лаурой я почти не общался. Тем не менее она смогла уговорить меня и получила разрешение на встречи. Стала навещать тебя. Петь песни и плакать. Плакать и петь. Только рядом с ней ты был спокоен.

Он замолчал, глядя в огонь и погрузившись в воспоминания. Я, абсолютно ошалевший, одним большим глотком допил свой напиток и сходил за новой порцией. Какое-то время мы сидели молча. Тишину нарушало только потрескивание тлеющих углей, а сумрак в кабинете рассеивали вспышки искр. Помолчав, он продолжил.

— Когда тебе исполнилось четыре года, я признал нецелесообразность продолжения генных усовершенствований. Тщетность попыток тебя спасти. И согласился на операцию. Пора было подвести итог. Я устал, а шансов выжить у тебя так и не появилось. Я даже не поехал в клинику в день операции. Улетел куда-то — не помню. Хотел встретить плохую весть в приятном месте.

Лаура, конечно, была с тобой, как и всегда. Она и твоя няня, которую моя жена наняла и которая помогала ухаживать за тобой. Во время операции что-то произошло. Сейчас я знаю что. Тогда у нас не было даже догадок. Произошел мощнейший электромагнитный импульс. Сгорело все медицинское оборудование. Тебя пытались откачать вручную, но не смогли. Тебе диагностировали смерть. Кроме оборудования непосредственно в операционной, по всему госпиталю тоже много чего сгорело. Началась суета и паника. Тебя должны были на каталке отвезти в морг, Лаура и нянька каким-то образом похитили твое тело. И вы все пропали в неизвестном направлении.

— Лаура тоже из знатной и богатой семьи. Я просил, умолял, угрожал им, чтобы мне выдали жену и тело моего сына. Но тщетно. Я совсем потерял разум. Собрал группу наемников, и мы ночью ворвались в родовое поместье Лауры. Мы убивали всех. Свидетели были не нужны. Убили и родственников. Я опасался будущей мести. Когда мы ворвались в комнату моей жены, мы нашли ее мертвой. Эта сука застрелилась, лишь бы не сказать, где ты. Вернее, твое тело. Няни и твоего трупа не было.

На следующий день, узнав из новостей о гибели родственников и своей супруги, я официально прибыл в усадьбу. Выпроводив полицию, перерыл весь земельный участок, просветил все стены, вскрыл семейный склеп. Ничего. Твое тело пропало. Вместе с паскудной нянькой. Я разослал ориентировку всем частным детективам. Даже сделал заявление о краже ею моих драгоценностей. В игру вступила полиция. Ничего. Пока спустя двадцать шесть лет не нашел ее под чужим именем у дальнего родственника жены. Она жила у него со своим тридцатилетним сыном. С тобой.

Это было накануне Разделения. За пару месяцев. Времена были неспокойные. Все воевали против всех. Частные армии были даже у состоятельных семей. А та семья, которая тебя приютила, была не только состоятельной. Она стала одной из семей, сделавших возможным само Разделение. Ей принадлежал концерн, который смог произвести то чудо-лекарство, благодаря которому мне уже сто шестьдесят лет. А тебе сто тридцать.

Джон в первый раз посмотрел на меня. У него был тяжелый и уставший взгляд.

— Не было бы никакого Разделения, если бы наш тогдашний президент не придумал собрать вместе представителей всех богатейших семей мира. Он предложил им и членам их семей практически бессмертие. Никто по сей день не знает, когда закончится и закончится ли действие препарата. В ответ наш лидер предложил разделить мир и владеть частями этого мира на раз и навсегда согласованных условиях. Дебатов не было. Все согласились.

Но мне не хватило одного бессмертия. Я хотел обрести тебя вновь. Но пытаться пробиться к вам в особняк было безумием. Даже если бы я смог. Мы все, пятьсот с лишним семей, подписали соглашение, одним из пунктов которого было непричинение взаимного вреда. В противном случае провинившегося и весь его клан должны были уничтожить остальные члены соглашения.

Я инкогнито нанял людей. Они никогда не видели меня, но когда платишь такие деньги — кто будет спрашивать. Я уже знал, что, кроме помощи в бизнесе, ты подвизался также и в охране приемной семьи. Знал про твое образование, про спортивные увлечения и достижения. Про всё. Задача была похитить тебя. Мне казалось, что, когда я расскажу тебе все, что знаю, что чувствую, ты поймешь.

Но все пошло не по плану. И именно тогда я и мои люди познакомились с твоим даром на собственной шкуре. И поняли, что в больнице была не случайность. Вы выходили с няней из ресторана, ты называл ее мамой и обсуждал планы на следующий день. Я сидел в припаркованном напротив фургоне, превращенном в пункт наблюдения, контролировал операцию со стороны. На вас напали, тебя почти запихали в машину, когда она достала пистолет и начала стрелять. Ее расстреляли в ответ. Ты закричал. Погасло все. Дома вокруг. Дорожное освещение. Моя техника в фургоне. В том числе мои наемники. Тогда уже многие вовсю вставляли себе импланты, особо не заботясь об их надежности. Все, кто хотел или двигаться, или думать быстрее. И имел на это деньги. Вскрытие показало, что в некоторых случаях импланты даже взорвались. Короче, от болевого шока все нападавшие оказались на земле. Кроме ускоренной регенерации, побочным следствием твоих генных модификаций стала возможность генерации электромагнитного импульса. Как это возможно — никто не знает. Я после операций зачистил всех врачей, всю информацию об их работе. А ты нигде не проходил медицинских обследований. Я следил за всеми медицинскими учреждениями, ловил твой персональный код. В тот вечер я потерял тебя вновь. Ты достал у одного из наемников нож и перерезал всем глотки. Молча и спокойно. Я в ужасе наблюдал за тобой, выглядывая из-за фургона. Потом ты поднял на руки няню и ушел в темноту. Я побоялся идти следом. Чтобы найти тебя, снова потребовались многие десятилетия.

— Маму.

— Что?

— Я взял на руки маму. Теперь я знаю, что у меня было две матери. И обе погибли из-за меня. По твоей вине. Но отца не было и не будет. Слышишь, урод? Ты закончил? Я могу идти? Благодарить за то, что спас, тоже не буду.

— Мне не нужны твои любовь и признание. Уже не нужны. Но нужна твоя помощь. И не только мне. Похоже, всем трем союзам.

АВАНС

Я боролся с искушением придушить его прямо здесь и сейчас.

— Мне неинтересно. Нет таких денег, за которые я согласился бы работать на тебя.

— А я и не предлагаю деньги. Удели мне еще десять минут, а потом делай что хочешь.

Я расслабил мускулы и, скрежеща зубами, заставил себя сидеть в кресле.

— У нас все началось пару лет назад. События не были связаны, и мы поздно спохватились. Начали погибать ученые. Вернее, пропадать. Сейчас я уверен в этом. Все трагические случаи были инсценировкой. Кто-то выпал из лодки и утонул. Кто-то разбился на гравишаттле. Многие погибли, занимаясь экстремальными видами спорта или туризмом. Да и первые пропавшие не были нам особо интересны. Экологи, геологи, астрономы, селекционеры и специалисты по животным и растениям. Мы спохватились, когда пропали несколько семей, чьи главы были крупными специалистами по системам вооружений, генной модификации, в сферах инженерии в авиакосмической отрасли. Они просто пропали в один день со своими семьями. Оставив все вещи, деньги, коммуникаторы — всё. И исчезли. Системы слежения ничего не показали. Все эти люди не были под постоянным наблюдением. Мы отмотали события назад и пересмотрели свое отношение к погибшим ранее. Так вот, их семьи пропали тоже. Просто кто-то сначала скрывал происходящее, а потом решил не париться прикрытием похищений. Мы заподозрили наших соседей. Хорошо хоть, каналы коммуникации еще остались. Когда мы связались, вопросов стало больше. У всех происходило что-то более или менее похожее.

Разница была только в том, что в ССС не только пропадали ученые, но и гибли маньяки. У традиционщиков, кроме всего прочего, умирали каратели и палачи. Итог один: на сегодня почти семьсот семей ученых пропали. Без следа. Так как наши семьи контролируют все три мира, это сделала четвертая сила. Джокер. Которого мы не ждали. И теперь весь мир стоит на пороге события, природу которого мы не понимаем. И автора не знаем. Все наши системы безопасности и контроля приведены в максимальную боеготовность.

— Ну и при чем здесь я?

— Ты единственный, кто перемещается по территориям союзов в последнее время. У тебя нет цифрового следа, а связи везде есть. И есть твоя уникальная способность. Ты самый лучший и невидимый связной между нами. Ты наш Джокер.

Я молчал. Еще насколько дней назад расскажи мне кто эту историю, я бы поднял его на смех. Но не сейчас. Убийство маньяков в свободном мире. Палачей — в традиционном. Якобы действия разведок на чужих территориях. Пропажа ученых и их семей. Такое может провернуть не каждое правительство! А судя по тому, что рассказал мой свежеявленный отец, состоявший в первой ступени моего мира и в каком-то важном комитете, не могли и правительства всех трех союзов.

— Что ты хочешь от меня?

— Войди в нашу специальную группу, которая расследует эти инциденты. Группа состоит из специалистов всех трех союзов. Возьми на себя организацию коммуникации между нами. Сейчас я знаю, что мой сын — вольнонаемный сыщик. Вникни. Помоги нам взглядом со стороны. Своим профессиональным взглядом. Нам пригодятся твои навыки. Доступ к любым ресурсам получишь через меня.

— Я помогу. Но сам, один. Мне никто не нужен. А потом вернусь и убью тебя.

— Делай что считаешь нужным. Но помоги человечеству.

Я сидел в своей маленькой квартире, не обращая внимания на то, что по ней прокатился тайфун. Все было или сломано, или перевернуто. Мне это было безразлично. Я задумчиво просматривал файлы отца по переданному мне армейскому планшету. Пил его прекрасный пятидесятилетний односолодовый виски, нагло взятый прямо из бара перед отлетом. В голове кружились осколки информации и не складывались в целую картину. Кто мог стоять за всем? Кто он? Откуда ресурсы? Как можно обойти отслеживающие и дублирующие друг друга системы с искусственным интеллектом? Системы, которые не спят, не берут взяток, не делают ошибок? Четвертая сила... Инопланетяне, что ли? Бред какой-то! Голова становилась тяжелой. Утро было на подходе, и нежно-розовое выдавливало иссиня-черное. Я решил начать сначала. Закончить расследование. Оно было как-то связано со всем этим. И взяться за новое дело. Допил стакан и ударился головой об подушку.

Сотрудничество с первой ступенью приносило свои плоды. Я смог выспаться. Меня никто не беспокоил. Ни из университета, ни из спецслужб. Я набрал Аполлона.

— Привет. Расследование закончено. Когда увидимся?

— Спасибо за столь быстрый ответ! Пожалуйста, прилетайте ко мне. Не по коммуникатору же разговаривать...

Гравитолёт плыл по проложенному маршруту с максимально разрешенной скоростью. Но мне было плевать на проносящийся подо мной пейзаж. Итак, Омар просто пешка в чужой игре. Надо закончить эту главу и начинать новую. Но с какой стороны браться за решение этого ребуса? Я продолжал гонять в голове скупую и сухую информацию из планшета отца. Посадку я пропустил и очнулся от раздумий, только ощутив мягкий толчок приземления. В зоне посадки меня встречала знакомая пара из джакузи. В этот раз на них была одежда.

— Хозяин распустил обслугу. Сказал, что у вас с ним запланирована серьезная встреча. Пойдемте.

Мы прошли через пустой дом и очутились в знакомом кабинете. Джакузи было пусто, но по-прежнему абсолютно не вписывалось в интерьер. Аполлон сидел на диване и раскуривал кальян. Я сел рядом. Провожатых он отослал величественным жестом руки. Дежурно спросив, как прошел полет, он включил коммуникатор и вывел трансляцию разговора на стену. Естественно, на ней был Омар. Хозяин дома подобострастно залепетал. Если бы у него был хвост, он бы уже смёл им все подушки с дивана.

— Мой дорогой патрон! Спасибо, что нашли время! Мы очень много работали, и, надеюсь, Вас устроит результат. А теперь говорите!

И он повернулся ко мне, прямо-таки истекая истомой и вожделением. Я презрительно хмыкнул и, глядя только на Омара, начал без вступления:

— Добрый день. Согласно полученной информации, Ваш сотрудник пал жертвой некой группы лиц. Эта группа лиц не только убивает, но и похищает людей. В смысле похищений, правда, ее интересует несколько иной контингент. Не Ваш случай. Группа действует на территории всех трех союзов. Цели ее неизвестны. Но она не сотрудничает с правительствами. На сегодняшний момент это вся информация. Могу Вам порекомендовать, с учетом Вашего бизнеса и пристрастий, временно залезть в бункер и оттуда носа не высовывать. Чтобы не пополнить статистику. Если что-то еще нарою, сообщу. Оплаты не надо. Аванс верну.

Омар задумчиво смотрел на меня.

— Ну и откуда такая информация? Особенно про все три союза?

— От моих источников. По крайней мере, то, что на вашей территории не действовала ни одна спецслужба СДС, — информация лично от лидера Демократических ценностей.

— И Вы хотите, чтобы я Вам поверил? Что Вы встречались с Лидером? Что у Вас информация из всех союзов?

— Не хотите — не верьте. Мне, в общем-то, плевать. Я с Вашим делом закончил. И мне есть чем заниматься.

Омар молчал. Аполлон вскочил с дивана и, выставив в моем направлении палец, хотел что-то сказать. Но не успел. Дверь открылась. В помещение вошла парочка из джакузи. В меня выстрелили из станера. В хозяина дома — из боевого оружия. Его голова лопнула, и прекрасный диван был полностью испачкан. Потом они подхватили останки убиенного и отнесли в джакузи. Мне вложили в руку боевой ствол и тщательно отпечатали все мои пальцы. Прелесть слабого режима станера в том, что ты не можешь двигаться и говорить, но все чувствуешь и понимаешь. И кстати, это не больно.

— Этого урода ко мне, — сказал Омар и отключился. Надо мной склонилась девушка. В руке мелькнул шприц. И я отключился тоже.

ОКОНЧАТЕЛЬНЫЙ РАСЧЕТ

Я проснулся, вероятно, с жуткого похмелья. Мир не торопясь вращался вокруг, голова была пустой, слегка подташнивало. Пора с этим было что-то делать. Хотя бы попытаться встать. Я попытался. Безуспешно. Органы чувств начали приходить в себя. Как и память. Я попробовал пошевелить конечностями. И уверенно пришел к заключению, что прикован к какой-то поверхности. Скрывать, что я очнулся, смысла не имело. Открыл глаза и, обращаясь в пустоту, сказал:

— Всем привет!

— Очнулся, да еще и в хорошем расположении духа! Вот молодец! Люблю таких! Жаль, что ты не из нашего мира. Я бы взял тебя на работу.

— Пошел ты. Я на козлов не работаю. Хрен с ним, с Аполлоном. Пусть пораскинет мозгами в своем любимом джакузи. Но зачем подставлять меня и так далеко тащить?

— Ого! Уже сориентировался!

— Конечно. Я помню эту комнату. И этот стол. На нем одному полицейскому кости ломали. Видео было со слабой режиссерской работой, но вот картинка в памяти осталась. И раз я угадал, справа от меня потрошили второго полицейского.

Я повернул голову, и перед глазами поплыли пятна. Горло скрутило так, что я не мог вздохнуть. На крюке, свесив голову и закрыв белокурыми волосами грудь, висела знакомая мне секретарша. Ее светлые волосы перепачкала кровь. Ноги были неестественно вывернуты. Живот был распорот от груди и до лобка. Внутренности валялись в луже почти черной крови.

— Сука... Какая же ты мразь, Омар!

— Может, пошутишь? Мне больше нравилось, когда ты шутил.

— Зачем ты сделал это? Она же работала на тебя.

— Она была просто игрушкой. Иногда они мне надоедают. Да, совсем забыл: я не люблю, когда чужие играют с моими игрушками. Ну а теперь мне нужны ответы. Если ты соврал, то мне нужна правда. Если нет — все твои контакты и связи, всё, что ты знаешь. Мне пригодится в бизнесе. Ну что — приступим?

— Ты даже не предложил мне все рассказать добровольно, без пыток.

— А какой смысл? Я люблю пытки.

Он кого-то позвал. Вошла пара помощников, вероятно специалистов по причинению боли. У одного было четыре руки, и он достаточно оперативно начал засовывать мои конечности в машину для пыток. Второй, менее внешне навороченный, начал подсоединять капельницы. Омар же, радостно напевая, возился с техникой. Наводил фокус камеры, проверял микрофон, чтобы снять мероприятие в максимальном качестве.

— И я рад, что ты запомнил и оценил картинку. За постановку кадра и съемку всегда отвечаю я.

Ненависть и злость наваливались на меня. Я рванулся. Без толку. Пульс колотился на максимально возможных оборотах. В глазах плясали искры. Я закричал. Вокруг все погасло. А потом погасло и мое сознание.

Кто-то меня тряс за плечо. Я хотел отмахнуться, и у меня получилось. Сознание вернулось. Я открыл глаза. Это была девушка-пилот, та самая — восточного вида, с ярким ирокезом. На груди у нее висела штурмовая винтовка. Из ствола вился дымок. Пахло пороховой гарью. Из глаз текли слезы.

— Давай вставай! Нам надо уходить! Сейчас здесь будет вся его банда.

— Почему ты мне помогаешь?

— Это долгая история. Расскажу, если сможем выбраться.

Она резала ремни. Вырывала из меня катетеры. Помогала встать. Меня шатало от слабости. Последствие сочетания транквилизаторов Омара и применения моей силы. На будущее надо запомнить, что в подобной ситуации понадобится время на восстановление.

— Добей их.

— Конечно. Но это не за тебя. За Нину.

Она подошла к еще шевелящимся бандитам и выпустила три короткие очереди. Потом достала охотничий нож и одним движением отхватила кисть у Омара.

— Хороший удар... На память?

— Увидишь. Обопрись на меня, уходим.

Мы вышли из пыточной. На полу соседней комнаты валялись несколько тел.

— Охрана, — коротко пояснила она.

Подошла к стене и приложила обрубок руки к незаметной панели. Дверь открылась. За ней оказался роскошный лифт.

— Скорее! Они близко!

Я уже и сам слышал крики совсем рядом, в коридоре, за дверью. Мы шагнули в лифт, двери бесшумно сомкнулись.

Лифт стартанул хорошо, с ощутимой пере-грузкой. У меня даже подогнулись колени. Через общую сеть коридоров мы бы, на-верное, не пробились. Особенно в моем со-стоянии.

— Странно, что лифт работает. Обычно вокруг меня сгорает вся техника.

— Все и сгорело, кроме личной техники Омара. Коммуникаторы и остальные лиф-ты не работают. Это нам дало время. Все пытаются скоординироваться, кто как мо-жет, бегут к нам по лестницам. Не знаю кто ты или что ты, но нам повезло, что у Ома-ра все, что касается личной безопасности, бронировано, экранировано, резервно за-питано. Я видела, что стало с имплантами шефа и его подручных. Их можно было не добивать. Они и так дымились. Разреши представиться. Ватаси но намаеа, Дорагон но Томодачидес.

— Что ты сказала?

— Меня зовут Подруга Дракона.

Двери открылись. И с этими словами она разрядила автомат в пару боевиков.

Мы вышли на взлетную площадку на крыше небоскреба. Было ветрено. Ее ирокез стал похож на разноцветного ежа.

— Ты помнишь про ракетные установки?

Она молча кивнула. Подтащила меня к большому черному гравишаттлу, обвешанному различными огневыми системами. Опять приложила окровавленную руку к считывающему устройству. Двери открылись, и мы вкатились внутрь. Раздались выстрелы. Охрана добралась до крыши.

— Держись!

Дорагон но Томодачи упала в кресло пилота, завела машину и рванула ее вбок с крыши. Мне показалось, мы падаем. Но это был просто очень опасный маневр. Облетев вокруг здания и почти касаясь его, мы выпорхнули с другой стороны крыши. На ней было уже человек двадцать. Некоторые возились с другими гравишаттлами. Моя спасительница замерла на мгновение, а потом, орудуя джойстиком ведения огня, разнесла к чертям всю крышу. Развернулась и стрелой понеслась над городом.

— А ракеты?

— Омар никому не доверял. В его ракетах стоят чипы, не позволяющие сбивать его собственный шаттл.

— Скажи, а короткое имя у тебя есть?

— Есть. Зови меня Асами. Меня мама так звала.

— Это тоже что-то значит?

— Красота утра.

— Асами, куда мы держим путь?

— С тобой хотят увидеться в Традиционных ценностях. Попросили передать, что у них есть важная информация для Джона Младшего. По дороге я отвечу на все твои вопросы. Кстати, а кто это, Джон?

МАТЬ — ВСЕГДА МАТЬ

Под нами проносилась Пустошь. Опять. Пустошь разделила мое ощущение времени. На до и после. Разделив цивилизации, она стала тем, что незыблемо, вечно. Асами как-то проскочила всю территорию ССС, отрыла коридор в охранной стене и теперь гнала шаттл на максимальных оборотах к только ей известной цели. Меня окружала пустота. Не Пустошь. Просто звенящая пустота. Мне стало наплевать, куда мы летим, что будет со мной. Перед глазами была Нинель. Точнее, Нина. И то, что от нее осталось.

— Расскажи мне про Нину.

Асами, пронзая взглядом горизонт, вздохнула.

— Это тяжелая история. И давняя. Когда границы начали закрываться, традиционщики позаботились о заделе для будущих операций. Они отобрали близнецов. Одну половину нещадно нафаршировали имплантами и отправили в детские дома ССС и вашего мира. Вторую половину готовили к разведке и к диверсионной деятельности.

Это я сейчас знаю. Раньше не знала. Сколько себя помню, жила в детском доме. Обо мне и девочках заботилась одна из многих — няня. Самая добрая. Жалела нас. Поддерживала. Пела по ночам. Без имени. Это запрещено. Просто няня. Однажды она сказала мне, что она моя мама. И назвала мое настоящее имя. Рассказала мою историю и историю семьи. И после этого исчезла. Наверное, ее ликвидировали. У нас, знаешь ли, все жестче, чем у вас. Мы с Ниной были в одной группе. Нас было около тридцати детей. Но время и тренировки проредили наши ряды. Потом, перед заданием, нас еще раз проредили.

Теперь я знаю почему. Убрали всех близнецов, чья половинка не справилась или погибла. В имплантах наших братьев и сестер было прошито задание, в соответствии с которым они жили, встраивались в общество, развивались. Короче. В один день нам с Ниной дали команду легализоваться. На другой стороне. Мы устно выслушали задачу, заучили контакты наших спецов на вражеской стороне. Мы должны были прилететь, добраться до места встречи. Получить от встречающих вещи и необходимую информацию. Затем их ликвидировать и занять их место. Когда мы увидели, кого должны ликвидировать...

Лучше не вспоминать. Это боль. Боль навсегда. Но мы должны были спасти Родину. Так нам тогда сказали. Вернее, вбили в наше сознание. В месте высадки нас встретили две куклы. Лишенные чувства самосохранения. Они принесли одежду, рассказали нам всю необходимую информацию, отдали документы. И оружие. Оружие, которым мы их убили. Я не смогла. Не могла я убить свое отражение!

Понимаешь?! Нина мне помогла. Потом мы выпотрошили их и достали из мозговых имплантов карты памяти со всей необходимой информацией. Зачистили трупы. А дальше вживались в роли. Нина — умница, технический специалист и куртизанка. Я — боевая единица, пилот и серая мышь. Наш куратор приказал встроиться в систему клана Омара и ждать команду. Вот и весь рассказ. Мы с Ниной были как сестры. Ближе. Наверное, любили друг друга. Так как более близких людей в нашей жизни не было. И вот теперь — всё. Она погибла.

Я молча слушал этот монолог, наполненный болью. И пустотой.

— Ты же понимаешь, что тебя, скорее всего, ликвидируют? Твоя ценность теперь равна нулю.

Она кивнула. Корабль продолжал пронзать вечер.

— Согласна. Нет. Уверена. Но мне все равно. Я не знаю, ради чего теперь жить. Нас всех готовили к высшей цели. И вот теперь мы с тобой, а Нина там... И насчет цели у меня большие вопросы... Скажи мне, что должно заставить меня бороться за жизнь?

Я промолчал. Ответов у меня не было. Я не понаслышке знал, что все мы пешки. Знал и бежал от этого всю жизнь. А каково пешке впервые принять бремя этого знания? Я наклонился к ней и обнял. Она вздрогнула, но не стала отстраняться.

Мы без помех влетели на территорию Мира традиционных ценностей. Ночь уже была в своем праве. Восток он такой. Всегда бежит впереди. Под нами проносились села и города. Я обратил внимание на почти повсеместное отсутствие электричества и света.

— Ты когда у нас был в последний раз?

— Лет пять назад привез одного сбежавшего отсюда маньяка-ученого. Он ставил опыты над людьми. Над детьми. В ССС. Там все можно. Только заручись поддержкой клана или корпорации. Ну меня и наняли ваши. Найти его и привезти. Но я дальше границы не был.

— При мне, десять лет назад, наш союз уже начал задыхаться от перенаселенности. Власти придумали выход. Восемьдесят процентов насе统ления напичкали имплантами. Определили роль. Для будущего использования. Кто-то военный, кто-то учитель, или врач, или крестьянин. И всех погрузили в сон. В анабиоз. «Ждущие» стареют гораздо медленнее. Нет потомства и нет проблем. Оставшиеся двадцать процентов обслуживают верхушку: защищают, кормят. Властям этого количества хватает. По мере естественной убыли будят необходимых.

— Вот же срань. Я думал, это у нас все плохо. Или в ССС.

— Многие так думают. Вы же не знаете ничего. В этом и есть сакральный смысл Разделения и Пути. Ты говоришь, у нас кошмар. А мы называем это судьбой.

Шаттл продолжал нестись сквозь темную пустоту. А я думал о том, насколько мы все разные — по отдельности. И насколько мы все несчастные — вместе.

ТАКИЕ ТРАДИЦИОННЫЕ ЦЕННОСТИ

Пекин поражал воображение. Мы летели над ним уже полчаса, а махина города нигде не заканчивалась. Центр сверкал, как новогодняя елка. Небоскребы переливались разноцветными огнями.

— Реклама?

— Раньше была. А сейчас просто цветовые волны. Для услады глаз избранных.

В центре стояла высотка невероятных размеров и красоты. Ее построили в виде пагоды. В отличие от пестрого разноцветья других построек она переливалась красным. Всеми оттенками вина и крови, зари и заката.

— Административный центр. Нам сюда. Не знаю, увидимся ли еще. Но ты вроде хороший парень. Удачи тебе. И вот еще. Я тебя не спрашивала о том, что увидела в пыточной и как ты это сделал. И докладывать тоже не буду. Может, тебе твой козырь еще пригодится.

Она наклонилась ко мне. Взяла за подбородок. Требовательно развернула мое лицо к себе и поцеловала.

— Попробуй выжить, демократ. И еще раз удачи.

Мы приземлились на крыше. Когда я покинул гравишаттл, то увидел над нами четыре парящих броневика. У нас, оказывается, было сопровождение. Меня и мою спутницу ожидали. Два человека. Оба в военной форме. Асами, печатая шаг, подошла к ним. Поклонилась в приветствии. И коротко доложила, что задание выполнено и груз доставлен. Грузом осознавать себя не хотелось — но что делать? Груз так груз. Один из вояк коротко кивнул, что-то ответил ей на китайском, и они оба молча удалились. Второй попросил меня следовать за ним, развернулся и пошел. Похоже, приветствиями здесь никто себя не обременял.

Мы прошли через зону контроля, где меня пытались просветить из всего, что у них было. Но к большому неудовольствию, так ничего и не нашли. Потом были коридоры, лифт, снова коридоры. Еще один лифт — только уже большой и роскошный. С маленьким диваном. Для особо значительных и уставших персон. Потом большая зона секретарской. Правда, вместо миловидной помощницы здесь сидел важный человек в мундире. Охрана застыла с боевым оружием по сторонам огромной двери. Провожатый что-то сказал секретарю и, не попрощавшись, удалился. Секретарь позвонил по селектору и, подобострастно согнувшись, доложил, что груз прибыл. Я надеялся, что он ударится лбом о стол — так резво он кланялся. Но он справился. Вероятно, сказывалась тренировка. Дверь открылась, и я прошел мимо окаменевших охранников.

В большом помещении царил приятный полумрак. Тихо играла музыка. По одной из стен мягко струился искусственный водопад. Окон не было. Вместо них было несколько больших экранов. Вдоль стен стояли простые пластиковые стулья, числом значительно больше ста. Посреди зала рос огромный стол из какого-то красивого камня, прожилки которого переливались мягким светом. Вокруг него было около двадцати огромных кожаных кресел. За столом сидели три человека. Насколько я мог судить — нас разделяло метров десять и полумрак, — в весьма почтенном возрасте. Один, во френче, явно принадлежал к китайскому народу. Второй был в чалме, халате и с бородой. Третий, тучный европеец в черном костюме, ничем особо на выделялся.

— Приветствуем Вас, Алекс, на территории Мира традиционных ценностей.

— И вам привет. Но меня зовут по-другому.

— Нам все равно, как Вас зовут. Джон Младший так представил. А значит, теперь

Вы Алекс. Джон сказал, что Вы в курсе общих деталей того, что происходит.

Я кивнул, с отвращением вспомнив папашу, и без приглашения сел в одно из кресел напротив.

— Что-то из напитков будете? Кальян, сигару?

— Стакан воды, если не затруднит. Тяжелый был день, в горле пересохло.

Вроде никто никакой команды не отдавал, но секретарь вбежал и, кланяясь, разнес всем напитки. А потом, пятясь и не преставая кланяться, удалился.

— Хорошо вы его натренировали! Даже ни разу не споткнулся! — усмехнулся я. — Так зачем вы меня пригласили. Как я понимаю, коммуникация с нашим миром у вас поддерживается.

— С элитами всех миров поддерживается. Но мы не понимаем, кто наш враг. И поэтому никому и ничему не верим. Ситуация была не простой. Но со вчерашнего дня стала критической. Из одной нашей лаборатории пропал вирус. Это модифицированное бактериологическое оружие. При распылении над поверхностью он вызывает цепную реакцию заражений. От него нет иммунитета и лекарств. Убивает только людей. За двадцать четыре часа. Стопроцентная заражаемость. Он убьет все население, передаваясь через воздух, воду, от человека к человеку. Потом, в течение недели, сам прекратит существование. Например, для того чтобы убить все население вашего мира, ему потребуется тридцать шесть часов. Вот расчеты.

И говоривший вывел на одну панель несколько графиков, а на другую — компьютерную модель. И весьма наглядно продемонстрировал динамику гибели Союза демократических сил.

— А за сколько он убьет ваше население?

— Мы готовили его исключительно для вас и для Союза свободных сил. По нашему блоку расчетов нет.

— А как же вы планировали уцелеть? Если он такой заразный и смертельный?

— Пустошь. Естественное препятствие. Вирус не передается через других существ.

Для передачи ветром или через общие водные ресурсы ему не хватит времени. Как не хватит времени на мутации. Мы всё рассчитали.

— Ну и что вы думаете, как ваши партнеры из других союзов отнесутся к новости о таком замечательном подарке, который вы им готовили?

Троица расплылась в мерзких улыбках. Кто-то даже хихикнул.

— Вы будете удивлены, но всё это время все три мира готовились уничтожить друг друга. Выбирали момент. Просто, в отличие от наших примитивных соседей с их атомным и водородным оружием, мы не собирались загрязнять природу. У нас есть планы на планету. Но теперь все изменилось. Мы не знаем, кто наш враг. Технологически он нас всех превосходит. Все наши искусственные интеллекты, контролирующие внутренние периметры, границы и следящие за соседями, ничего не выявляют. Мы обменялись данными. У всех зеро. Мы думали о нашествии, о попытке захвата планеты, о порабощении человечества.

Продумывали даже варианты ведения переговоров и возможность сосуществования с захватчиками... Но теперь, с исчезновением вируса, отчетливо понятно, что кто-то или что-то собирается уничтожить ВСЕ человечество.

Тишина висела в комнате. Я молча смотрел на этих мерзких представителей моего рода. Которые не скрывали, что собирались сами уничтожить две трети населения планеты. Но что-то пошло не так. Всегда что-то идет не так...

— Что предлагаете?

— Мы подготовили для Вас два пакета с данными по вирусу. У Вас будет двадцать четыре часа на то, чтобы доставить их элитам в оба союза. Вас везде пропустят. Все ждут. Потом, еще через двадцать четыре часа, во время которых все первые ступени отработают с экспертами, учеными и военными, сделаем общее глобальное совещание и сразу начнем реализацию какого-то плана. Который устроит всех. Два дня мало. Но похоже, это всё, что у нас есть.

—У меня условие. Мне нужен пилот и охранник. Из вашего мира я знаю и доверяю только Асами.

—Кто это?

—Пилот, которая меня сюда доставила. Нет, не меня. Груз. Мы договорились?

Троица переглянулась, но возражать не стала.

ПРИНОСЯЩИЙ ПЛОХИЕ ВЕСТИ

Асами вела гравишаттл не торопясь и, похоже, с наслаждением. Мягко помахивала крыльями. Созерцала окрестности. Бедняжка была обрита под ноль. Но, как по мне, ее это не портило.

— Как хорошо просто быть живой! — наконец прервала она молчание. — Спасибо тебе. Ты меня спас. Меня допросили с использованием всего, что только можно. Потом отправили в карцер. Конвоир попался разговорчивый. Предлагал с ним переспать, так как завтра меня должны были пустить в расход. Кстати, знаешь, как у нас казнят?

Я покачал головой.

— Мы очень экономный союз. Каждый член общества должен приносить пользу. С первого дня и до последнего. Поэтому у нас не расстреливают, не вешают, а отправляют на скотобойню. Там из осужденного делают питательное пюре. Которым потом кормят детей в школах и кадетских корпусах. Представляешь?

Я представил и с трудом сдержал рвотный позыв.

Представители элит Союза свободных сил, ничем от своих «партнеров» из Мира традиционных ценностей не отличались. Сначала меня встретило высокомерие. Потом оно на глазах перешло в страх. И под занавес, когда они познакомились со всеми документами вирусологов-традиционщиков и модуляцией заражения, — в животный ужас. Я чувствовал себя вестником смерти. И, глядя на этих уродов, захвативших человечество, получал удовольствие от своей странной и случайной роли.

В доме отца все повторилось. Вот только, кроме него, там сидели еще несколько почтенных джентльменов. Ознакомив их с данными и предложением провести общий сбор от соседей, я посчитал свою миссию выполненной. И уже собирался уходить, как отец меня представил.

— Наш связной Алекс. Мой сын. Он меня ненавидит и, наверное, убьет. Если только вирус не обгонит его. Но он единственный, кто коммуницирует со всеми тремя союзами. У него нет цифрового следа. Для систем слежения его просто не существует. И еще он сыщик. Наверное, последний на этой гребаной Земле. Больше никто таким опасным и странным делом не занимается. И он по рождению ровня присутствующим. Поэтому я ввожу его в Совет первой ступени. Никто не возражает?

Джентльмены согласно замотали головами.

— А меня никто спросить не собирается?

— Откажешься — и у тебя не будет возможности до меня дотянуться. А ты этого хочешь. И еще: ты же любишь расследования? Вот тебе загадка. Разгадаешь — спасешь человечество.

Я демонстративно плюнул на его дорогой пол и попросил прислать за мной шаттл накануне встречи.

Асами с интересом разглядывала мою квартиру. Которую, кстати, кто-то прибрал.

— А ты скромно живешь для человека, который якшается с первыми ступенями.

Я позвал ее на кухню, выгреб все, что появилось в холодильнике — о провизии тоже кто-то позаботился. Я сварганил салат, нарезал закуски и поставил на стол весь свой бар.

— Прости, не готовился к свиданию с хорошенькой киллершей и пилотом из враждебного мира. Поэтому давай по-простому. Пьем кто что хочет. Говорим на любые темы. Наслаждаемся жизнью.

— Как-то траурно звучит. Тебе не кажется?

Я рассказал, насколько мог бесстрастно, что узнал на ее родине. Она выматерилась. Как мне показалось, по-китайски. Мы выпили не чокаясь.

— Асами, давай сыграем в вопросы. Один спрашивает, второй без утайки отвечает. Потом пьем. Меняемся ролями. И повторяем. Что скажешь?

— Валяй. Мне больше скрывать нечего. Обратно я не вернусь. И в могилу тайны уносить не собираюсь. Лучше сдохну с тобой. Но если ты после ответов решишь меня больше не видеть, я не обижусь и пойму. И сдохну без тебя.

Мы выпили.

— Я только сейчас понял, что Асами — японское имя. Как и твое официальное боевое. Но Япония влилась в наш союз. Как же произошло, что у китайской разведчицы японское имя?

— Мать оказалась японкой. Она мало что смогла мне рассказать, прежде чем мы навсегда расстались. Отец был разведчиком в Японии. Для прикрытия женился на японке. А потом влюбился. Их раскрыли. Он вызвал для себя эвакуационный шаттл. Нас бы с матерью и сестрой не забрали, и он это знал. Посадил нас, отрубил себе кисть. Эвакуационные шаттлы имеют защиту от подобных ситуаций, связанных с подменой пассажира. Нужна была кисть, прижатая к анализатору весь полет. И прикрыл наш отход. Меня и сестру у матери забрали. Ее саму отправили в исправительный лагерь на рудники. Как она выжила и смогла нас найти — не знаю. Но мать есть мать. Она смогла. Меня отправили в кадетский корпус, сестру — на операцию по имплантологии, потом забросили к «соседям». Я этого всего не помню. Когда нас эвакуировал отец, нам было по два года. В общем, благодаря этому мы в шаттл и поместились. Потом я увидела сестру только в пятнадцать. Уже «на том берегу». Дальше ты знаешь. Ну а официальная кличка — это так, типа протест был. Нам разрешили взять имена только перед вылетом на задание. До этого номера были. Ну я и выбрала грозное японское имя.

Мы выпили.

— А теперь моя очередь. Почему тебя называют Алексом, но ты на это имя не откликаешься? И почему для тебя везде открыты двери элиты? И что ты сделал тогда с Омаром и его подручными? Кстати, Нина увидела в тебе след генных модификаций! Но странный. Как будто стертый, неявный... Но Омару не сказала. Ненавидела его. И между прочим, похвалила тебя в постели, а она толк знала...

— Так, стой! У кого-то развязался язык. Я сейчас забуду половину вопросов!

— Не забудешь — я напомню. Да, я выпила. Мне хорошо. Я жива. Я десять лет держала язык за зубами, пока была на задании. Так что терпи мое болтливое общество.

Я, насколько мог спокойно, рассказал свою историю. Дополненную моим извергом отцом. Как лишился дома и матери. Как приютили родственники. Как, признавая право по рождению на сыворотку долголетия, как ее тогда называли, получил от родственников свою инъекцию. Которую, кстати, они и изобрели. Как погибла няня, ставшая второй матерью. Как я открыл в себе дар. Поэтому импланты и не ставил, чтобы однажды не спалить самого себя. Как ушел из семьи, приютившей меня, опасаясь, что мое присутствие может навлечь на них опасность. А в том, что за мной охотятся, я уже не сомневался. Потом в общих чертах описал мою дальнейшую личную и профессиональную жизнь, которая началась после сделанного выбора. Рассказал все без утайки. В одном месте моя собеседница всплакнула. А потом пересела ко мне на колени и обняла.

— Давай не будем больше тратить время на разговоры. Завтра может не наступить. А ты назвал сегодняшний вечер свиданием, пусть и шутливо. Нина тебя проверила и оценила. Мне кажется, она бы одобрила мой выбор, старик ты столетний. А я маленькая японка без родины, семьи и будущего. Поцелуй меня и будь что будет.

ВИИ

равишаттл плыл, тихо гудя. Гудела и моя голова тоже. Вчерашний коктейль — секс, выпивка, передохнуть, снова повторить — давал о себе знать. Моя девочка оказалась неопытной, но очень страстной любовницей. И я с большим сожалением оставил ее дома. Она валялась голой, пока я собирался, дразня меня. И сказала, что в таком виде и дождется возвращения.

Мы опять были над охраняемой зоной парка. Только не ближе к побережью, а в самом центре. Охранным и маскировочным защитным экранам я уже не удивлялся. И теперь стоял перед уродливым бетонным квадратом без окон и с единственной дверью. Меня встречал офицер Департамента ВИИ. Штаб-квартира Высшего искусственного интеллекта оказалась безвкусным бункером, но весьма хорошо расположенным. Окруженным деревьями и цветами, зверями и птицами. Пока мы проходили процедуру досмотра, шли по коридорам и наконец-то спускались на единственном лифте, мой провожатый, весьма приветливый служащий, читал лекцию.

— ВИИ состоит из трех таких центров. Один — на территории бывшего США, второй — в Европе и третий — в Австралии. Все они — одно целое. И при утере одного или двух все управление переходит в уцелевший. Команды специалистов только обслуживают ВИИ. За сто сорок лет создания, обучения, ввода в эксплуатацию и боевого дежурства, он проявил себя только с положительной стороны. Полная надежность. Все центры удалены от скоплений людей и центров принятия решений. Следовательно, находятся в максимально безопасных местах в случае военного конфликта.

ВИИ занимается тотальным мониторингом и анализом внешних и внутренних угроз. Контролирует периметр и защитный купол. Управляет всеми боевыми и вспомогательными системами. Имеет доступ ко всему, вплоть до пусковых команд оружия «Судного дня», в случае мирового конфликта...

— У традиционщиков всё так же построено? И в Союзе свободных сил? — поинтересовался я.

— Простите, странный вопрос. Но я... Я не знаю! Как-то не задумывался!

— Вы не против, если я помогу, офицер? — внезапно произнес приятный женский голос.

— Это ВИИ. Вы не против? — пояснил мой провожатый.

Я помотал головой, показывая, что не против. Одновременно пытаясь обнаружить камеры и динамики.

— Я давно хотела познакомиться с Вами. Ваши действия нарушали иногда стабильность потока данных. Я что-то упускала. Искала и не находила. И вот Вы здесь. Как Вас можно называть? На Алекса Вы реагируете негативно. Я способна распознавать эмоции.

— Зови меня Консультант — так называют меня клиенты. А раз меня наняли твои хозяева, то для тебя я Консультант и есть. А ты осознаешь себя представителем женской половины нашего союза?

— Да, Консультант. Мне так нравится себя ассоциировать. В Мире традиционных ценностей и Союзе свободных сил выстроены подобные системы анализа данных и защиты. Когда нас задумывали, разработки основывались на общедоступных данных и исследованиях. Поэтому базово мы похожи. Потом, когда ваши цивилизации разошлись в путях развития, появились различные усовершенствования, присущие конкретному союзу, и, как следствие, различия в искусственных интеллектах, отвечающих за его защиту.

Мы вышли из лифта, и диалог прервался. Перед нами был большой и светлый зал. Десятки рабочих мест. Везде деловитое снование сотрудников Департамента ВИИ. В нескольких общих зонах шли дискуссии. Хотя все одеты в униформу, ощущение скорее научного института, чем военного объекта. Мы прошли через зал и подошли к большим дверям, похожим на створки шлюза.

Внутри оказалось большое помещение. Правильный круг, накрытый округлым сводом. Я попал в половинку огромного яйца. Посередине стояли удобные кресла. Стола не было. Ну и ладно. Столов мне за эти дни хватило. Все кресла, кроме одного, были заняты. Нескольких джентльменов я узнал и кивнул им. Мое кресло, естественно, оказалось соседним с Джоном Младшим. Я со вздохом сел.

— Доброе утро, сынок. Как спалось?

— Пошел ты. Мне можно отсесть?

— Ну что ты, я же пообещал тебе, что буду рядом, пока смерть не разлучит нас. Даже если это будешь ты.

— Неприятно признавать, но, похоже, мое специфическое чувство юмора в тебя.

Ладно, учту. И зачту. Ты умрешь чуть быстрее и менее болезненно.

Старик саркастически усмехнулся и дал команду ВИИ начинать совещание. Свет погас. Мягко засветились стены, плавно перетекающие в свод, отчего сравнение с яйцом стало еще более явным. Весь зал был сплошным экраном, и мы были посередине огромного планетария. Купол покрыли сотни квадратиков, сначала показавшихся мне одинаковыми. Но когда Джон поприветствовал всех от имени Совета Союза демократических сил, собравшиеся стали обмениваться приветствиями. Когда кто-то говорил, его квадратик стремительно приближался, показывая крупно изображение говорящего и его персональные данные. Вернее, имя семьи и принадлежность к союзу. В момент вывода изображения наши кресла автоматически очень мягко разворачивались к говорившим.

— Не проще было сделать обычный экран и выводить изображения по одному, без всего этого мельтешения и поворотов? Меня может вытошнить, если это затянется. И не только от твоей близости, папаша.

— А это и есть Алекс, новоиспеченный член Совета. Аккуратней с высказываниями, мы всё слышим.

Раздался смех, начали всплывать десятки изображений смеющихся людей, кресло беспощадно крутилось в разные стороны. Отец молча и с улыбкой смотрел на меня. Как на проштрафившегося мальчишку. Было неловко. И я решил шутить про себя и больше слушать.

СВИСТАТЬ ВСЕХ НАВЕРХ!

Аслушать было чего. Одновременно собрались главы всех пятисот двадцати семей, владеющих нашими мирами. Без случайных людей. С огромным влиянием в прошлом и фактически божественными полномочиями сейчас. Допущенные до фантастически длинной жизни или даже бессмертия. Кроме глав семей, присутствовали также немногочисленные консультанты. Ученые и военные. Всего собрались около тысячи человек. Тысяча, которая должна была решить судьбу человечества и спасти его. Не на словах, а впервые на деле.

Сразу после короткого вступления началось обсуждение первого вопроса: кто наш враг? Дискуссия получилась бурной и весьма продолжительной. Какие только версии не обсуждали. От нашествия инопланетных захватчиков до сошедшего с ума владельца корпорации, решившего убить весь мир. Все подозревали друг друга. Язвили и возмущались, что системы слежения соседей не столь хороши и именно они что-то и прошляпили.

Слово взяла девушка с красивым белым и как будто отлитым из пластмассы лицом. Довершало этот странный облик отсутствие волос и глаз. Подпись под изображением гласила: «ВИИ, Союз демократических сил».

— Уважаемые главы семей, искусственные интеллекты и специалисты. На основании анализа данных, на орбите Земли отсутствуют неидентифицированные космические объекты. Транспортный менеджер не зафиксировал перемещений незарегистрированных летательных средств, а департаменты разведки и противодействия влиянию извне не обнаружили незапланированных пересечений защитного купола. Дорожные системы наблюдения также не содержат данных о перемещениях членов пропавших семей. Вывод: уровень систем маскировки вероятного противника значительно превышает возможности наших систем контроля. Это позволяет предположить, что противник может находиться на Земле, в воздушном пространстве или на орбите, оставаясь невидимым для нас. Варианты, связанные с действиями корпораций, преступных кланов или одиночек-маньяков, исключены. Подобные операции требуют колоссальных ресурсов: финансовых, энергетических, технических и человеческих. За последние сто лет на подконтрольной территории подобные инциденты не зафиксированы. Рекомендация: необходимо повышение уровня систем контроля для обнаружения и нейтрализации угрозы.

Изображение девушки погасло. Его сменили образы искусственных интеллектов

Мира традиционных ценностей и Союза свободных сил. Их доклады мало что добавили к сказанному. Кроме того, что на их территориях противник еще и втемную использовал местных граждан для ликвидации значительного числа других граждан. В одном случае бандитов и маньяков, в другом — палачей. Простите, выдающихся исполнителей гражданского долга в сфере наказания и перевоспитания.

Представители человечества поникли, и дискуссия, споткнувшись, остановилась. Джон прервал молчание и предложил: раз в повестке всего два вопроса, пора переходить ко второму.

Дело пошло живее. Но если отмести идеи о нанесении превентивных ударов по случайно выбранным областям в целях возможного обнаружения противника, внимания заслуживали только планы искусственных интеллектов.

Представитель традиционщиков признал нахождение восьмидесяти процентов населения в состоянии сна и предложил погрузить в сон членов семей первой ступени, дабы спасти суть и плоть их союза. Он заявил, что управление боевыми системами и защиту возьмет на себя.

Нечто похожее предложил и искусственный представитель Союза свободных сил. С той лишь разницей, что автономных бомбоубежищ у них было значительно меньше. Они рассчитывали на свой превентивный удар. И спасти получится не больше пятидесяти процентов населения. Ну и, естественно, членов всех семей первой ступени.

ВИИ СДС доложила о готовности бомбоубежищ, о возможности спасти до восьмидесяти восьми процентов нашего населения и, естественно, всех представителей элиты.

Опять повисло молчание. Единственным вариантом спасения была передача всех систем управления, вообще всех полномочий искусственным интеллектам. К этому высокомерные властители земли, собиравшиеся жить вечно, готовы не были. Я кашлянул, дабы обратить на себя внимание. Мне тут же дали слово.

— Дамы и господа. Обсуждение процентов человечества, достойных спасения, не по моей части. А вот разгадка загадок — самое мое. Поэтому, пока вы спасаете себя и проценты, я бы постарался найти противника. У меня есть пара идей. ВИИ, у нас есть старые системы телескопов, не связанные с искусственным интеллектом и сетями передачи данных? Хотелось бы самому посмотреть в небо... Дело в том, уважаемые властители мира, что мы работаем с данными наших охранных систем. В старые времена любая информация подвергалась многоступенчатой проверке. Ее можно изменить на каждом этапе. Получении, доставке, анализе. В этом и может крыться наша уязвимость. Что мы пытаемся принять решение, не перепроверив данные... И еще: есть ли на орбите старые спутники-шпионы, фиксирующие фрагменты земной поверхности и хранящие эти данные в своих локальных накопителях? И тоже не связанные с общими и специальными системами передачи и анализа данных? Это вопрос не только к нашей ВИИ, но и к системам наших уважаемых соседей.

Джон повернулся ко мне:

— Сынок, гениально! Я не зря тебя пригласил. Вы поняли, что он сказал?! Мы можем быть слепы, потому что противник, возможно, контролирует пути передачи данных. А физической их перепроверкой и защитой себя человечество само давно не занимается! Мы полностью полагаемся на искусственных ассистентов! Мой сын хочет своими глазами посмотреть в небо. И с неба посмотреть на землю. Какие ресурсы тебе нужны?

РАЗВЕДКА БОЕМ

Я попросил корабль повышенной степени защиты с возможностью выхода на орбиту и захвата спутников. Без автоматических систем навигации. Без связи с системами искусственного интеллекта. С локальными информационными и навигационными системами. Вероятно, из старых складских запасов. Доступ к старым станциям слежения за космосом. Их координаты. И координаты старых спутников-шпионов.

Пилота, сказал, выберу сам.

Согласование получил мгновенно и единодушно. На тут же врученный мне военный планшет начали сыпаться данные и пароли доступов. Когда властителям жизни страшно, они выполняют все твои желания. Договорившись о каналах связи, я вышел. Бороться с врагом рода человеческого. А представители элит продолжили спасать себя и обсуждать, кто достоин места в бомбоубежищах, а кто нет. И кто во всем виноват. В общем, все как и всегда.

У Асами ушел всего день на знакомство с кораблем и тренировочные полеты. Она действительно была прирожденным пилотом и специалистом высочайшего класса в своей области. Нам сказали, что освоить управление боевой машиной из прошлого за день невозможно. Но она справилась. Старому американскому шаттлу было больше восьмидесяти лет, но он все еще был на ходу. Проблема была только с горючим и обслуживанием. При условии выхода на орбиту у нас была всего одна гарантированная посадка. И очень мало мест, где мы могли не только приземлиться, но и, заправившись, вновь взлететь. Значит, земную часть работы мы будем делать на автономном броневике разведки.

Асами вернулась с полетов веселая. Она знакомилась с подобным технологическим дедушкой впервые. До этого видела такое только в исторических программах для будущих пилотов. Я ее уже ждал. Стол был накрыт. Сегодня без излишеств в выпивке. Зато с силами и настроением для взрослых развлечений. Мне нравилась моя подруга. Она была очень похожа на меня. Сильная. С трагической судьбой. Целеустремленная. И лишенная всего, что можно потерять. Живущая одним днем. Поэтому выпивающая этот день досуха. Без остатка.

Вылет запланировали утром. У меня были координаты и доступы в двадцать бывших станций слежения, оборудованных обычными и радиотелескопами. Одни были пусты и локально собирали информацию на накопители, в других был минимальный штат.

Я заявил, что мы полетим туда, где нет не только выхода в сеть обмена данными, но и людей с их персональными устройствами связи. Накануне вылета искусственные интеллекты всех трех союзов наперебой предлагали помощь, но я отказался. Как человек старой закалки, я еще помнил сомнения нашего поколения в безопасности искусственного разума. А моя последующая жизнь, наполненная пониманием, что мать убили и, возможно, за мной тоже идет охота, не добавляла желания оставлять цифровой след и доверять свою судьбу кому попало. Тем более, кому попало с искусственной душой. Поэтому в моей жизни были только носимые коммуникаторы, зарегистрированные на несуществующих владельцев, локальные системы защиты периметра квартиры и старый надежный нож.

Когда мы взлетели. Асами запросила координаты. Меня терзала одна мысль. Как я ее ни отметал, желание проверить было сильнее. Поэтому решил схитрить и выбрал три объекта. Один — с персоналом, два — автоматизированных и безлюдных.

Дав Асами среднюю между ними промежуточную точку и не называя конечный пункт назначения, я набрал отца и сообщил координаты одной из станций, которую хотел проверить. Второй звонок я сделал дежурному другой станции слежения. Назвал точное время нашего визита и посадки. Сообщил, что шаттл будет закрыт от систем слежения и защищен системами маскировки. Закончив звонок, я выкинул коммуникатор в открытый иллюминатор. Мы остались вдвоем. Без девайсов, связанных с системами передачи данных всех трех миров. Только с распечатанной информацией. И я назвал реальную цель.

По дороге я поделился со своей боевой подругой мыслями и сомнениями.

— Асами, я считаю, что кто-то или что-то использует земные системы коммуникации в своих целях. Или даже получил контроль над одним из искусственных интеллектов. Поэтому кто бы ни был наш враг, он или клюнет на мою приманку, или подтвердится, что я старый параноик с манией преследования. В любом случае наш шаттл нашпигован системами защиты от слежения. Засечь нас можно только в момент пересечения защитных куполов. Все три точки находятся в получасе лёта друг от друга. Времени на вылазку у нас будет не более тридцати минут. Нам надо просмотреть отчеты о наличии посторонних небесных тел. И всё, сматываем удочки. Потому что, если я прав, нас будут пытаться найти и выбить из игры.

Она кивнула и сосредоточилась на полете. Станция располагалась в горах. Мой пилот для посадки выбрала небольшое ущелье и скрыла машину под выступающей скалой. Мы были метрах в двухстах от обсерватории. Надели маскировочные халаты с активной системой защиты, взяли пароли доступа, легкое автоматическое оружие. Я, конечно, еще свой нож. Асами посмотрела на него с усмешкой.

— Не волнуйся, старичок, я тебя спасу. Меня всю жизнь натаскивали на убийства и защиту.

— Это хорошо. Но возможно, старичок тебя еще удивит.

Она улыбнулась, и мы не торопясь двинули к станции. Скорость движения не должна была превышать четыре километра в час, иначе маскировочный халат не успевал адаптироваться и проецировать окружающую действительность на свою поверхность.

Обсерватория была стара. Солнце, ветер и время не пощадили ее. Вблизи было видно, что бетон весь изъеден и своей поверхностью напоминает природный ракушечник. Система доступа сработала. Металлическая дверь со скрипом, но открылась. Было тихо, пыльно и как-то печально. Когда-то этот объект люди строили для воплощения своих идей и фантазий. Они мечтали. Смотрели в космос. Познавали мир. Сейчас этот объект был хоть и работающий, но памятник. Памятник умершему миру мечтающих людей.

Мы просмотрели все данные. За двадцать минут — два года. Ничего. Никакие неизвестные объекты не появились над Землей. Мы молча вышли из помещения и двинулись к гравишаттлу. Прошли половину пути до корабля. Вдруг Асами схватила меня за руку и застыла. Второй сняла предохранитель со штурмовой винтовки. Я подчинился, принимая как должное ее навыки.

Из-за края горы взмыли два боевых шаттла. Они не торопясь встали в боевую позицию и расстреляли станцию слежения. Стерли ее с лица земли. После этого поднялись метров на пятьсот и разлетелись над нами огненным дождем осколков.

— Китайские броневики-камикадзе. Ты об этом говорил?

Я кивнул. Прижал мою боевую подругу к себе, поцеловал, помолился, чтобы нас случайно не зашиб град осколков. Прошептал:

— Бежим. Срывай шаттл и уводи нас.

Она кивнула. И мы побежали. Скрываться больше не было смысла. Вокруг все горело. Но у нас была цель. Выжить.

ПЛАН, КОТОРОГО НЕТ

Когда мы приземлились на нашей территории, первое, что я сделал, позвонил отцу.

— Привет, папа. Мы вернулись. Были проблемы, но нам повезло. Я закончил с твоими заданиями. Хочу спокойно жить. И знаешь, решил тебя познакомить со своей возлюбленной и попросить благословение. Примешь нас?

Джону потребовалась пара секунд для осознания. И его на всю жизнь мерзкий для меня голос возвестил:

— Конечно, сын. Прилетайте ко мне в резиденцию. Там и обсудим. Кстати, рад, что живой.

Мы прилетели и плюхнулись на его лужайке. Бо́льшую степень безопасности представить было сложно. На посадочной площадке перед домом добавилась ракетная установка «земля-воздух» и настоящий боевой танк с лазерной пушкой, который мог в одиночку вести бой с противниками на земле и в воздухе. Я про такие слышал, но встречать вживую не приходилось. Папаша вообще никому не доверял. Мы сидели в его зале, и я бесстрастно докладывал о моем плане и о его результатах. Вернее, о результатах провокации. Спросил про судьбу других двух станций. Он промолчал и без слов вывел изображение. Обе станции, где я оставил липовый след, тоже были уничтожены.

— Кто отдал команду на уничтожение, отец?

— Не знаю. Вероятно, шаттлы были запрограммированы и управляемы встроенным искусственным интеллектом. Экипажа, похоже, не было. Выполнили задачу и самоуничтожились.

— Джон, у нас проблема. Похоже, нельзя доверять ни одному из искусственных интеллектов. Или они явно проигрывают противнику, и тот использует их. Или еще хуже. Один из них, возможно, управляется врагом. Похоже, это может быть искусственный интеллект традиционщиков. Слишком много совпадений. Их вирус, их боевые шаттлы. Завтра утром ты заявишь, что враг нанес удары по станциям, подлежавшим плановой проверке. И что теперь нам нужно больше времени для анализа данных. Так получим небольшую фору. Мы же утром взлетим и попробуем добыть информацию сверху. Если выживем и что-то найдем, сразу к тебе. Начинайте торопиться с эвакуацией, — похоже, время уходит.

— Спасибо, сын. И прости меня за всё. Я был не лучшим отцом. Когда всех отправлю спать, буду ждать тебя здесь. Удачи тебе.

Мы вышли не попрощавшись. Я кипел яростью. А Асами просто молча следовала за мной. Мы были готовы или уничтожить таинственного врага, или погибнуть сами. Как ляжет карта.

Утром, загружаясь в космический челнок, я увидел на месте пилота пакет. В нем обнаружился мой обычный командировочный набор и бутылка недешевого вина со штопором и парой пластиковых стаканчиков. А еще записка: «Спасибо, друг! Удачи в командировке!» Я улыбнулся своему вездесущему приятелю. Ну что же, благодаря моим возросшим связям, я смог вызволить Комиссара. И даже вернуть ему должность, хоть и с испытательным сроком. И возможность поквитаться с бывшим помощником. Удачи ему! Комиссар стар, мудр и злопамятен. Надеюсь, помощнику будет больно.

Вылетали торопясь. Надо было уйти на орбиту без приключений. Поскорее выйти из зоны досягаемости гравишаттлов и тактических ракет. Старый корабль трясло. Перегрузки были высокие. Я едва дышал в кресле второго пилота. Но моя подруга, похоже, справлялась. Пять минут. Десять. Двадцать... Внезапно наступила тишина. И легкость во всем теле. В кабине взлетели незакрепленные вещи. Мы были на орбите.

Особого выбора и времени не было. Мы захватили старый русский спутник-шпион. И еще один американский. У них были разные орбиты и задачи, что давало надежду на более полные данные. Подключившись по инструкции к локальным блокам памяти, мы с Асами разделились и начали просматривать снимки с поверхности. У нас были все данные о похищенных ученых и о том, когда и где они пропали. Я и мой помощник убедились, что везде присутствовали чьи-то шаттлы. Которые, вероятно, не принадлежали нашим союзам, так как не были зафиксированы земными системами слежения. Только фотографии из космоса. Куда они полетели, забрав людей, тоже было непонятно. Надо было что-то найти. Попробовать понять. Выстрелить наугад или просеять через сито все имеющиеся данные. Мы попробовали.

Материала было много. Обширное хранилище памяти, системы сжатия позволили спутникам вместить информацию за последние сто лет. Только вот что толку? Все фото статичны. Проследить направление полета конкретного шаттла не представляется возможным. Отследить его по фото среди тысяч других — тоже. Опять тупик. Я задумчиво водил доисторической мышью, открывая и закрывая файлы. Сдаваться не хотелось. Было ощущение, что еще минута, еще один файл — и пазлы сложатся.

Но нет. Все напрасно. Я вздохнул...

И вдруг не поверил глазам. Передо мной была череда снимков Африки. На нескольких был Мадагаскар. Я приблизил изображение. Буйный растительный покров. Еще ближе. Дома. Шаттлы. Еще увеличил... Люди. Хотелось протереть глаза. Мадагаскар был уничтожен американскими и китайскими стратегическими ракетами. Он стал одной из первых арен межконтинентальной борьбы и был навсегда потерян для человечества. С эвакуированными жителями и бежавшими военными накануне обмена ударами. Испепеленный и на сотни лет зараженный радиацией.

Или нет? Я судорожно начал отматывать временну́ю ленту назад. Только бы

найти этот год! Год разрушения Мадага-
скара.

Я нашел.

Мадагаскар никто не бомбил.

Я откинулся и закрыл глаза.

То, что происходило сейчас, было кем-то
спланировано. И похоже, сто лет назад.

Мы устроили военный совет. На троих.
Два человека и бутылка вина. Орбита была
стабильна. Я предложил идиотский план.
С учетом одной возможной посадки для
нашего орбитального дедушки. Асами его
слегка поправила в части координат и тра-
ектории посадки. Мы согласились, что по-
купаем билет в один конец на девяносто
девять и девять десятых процента. Распи-
ли бутылку и занялись любовью. В космосе.
Это был первый опыт, но нам понравилось.

ОБРАТНЫЙ ОТСЧЕТ

Шаттл по крутой орбите спускался к земной поверхности. Направление — Мадагаскар. Когда нам оставалось десять километров до поверхности и триста километров до ближайшего побережья острова, пилот доложила о группе целей, идущих на перехват. С учетом их скорости, возможного наличия у них современного оружия и полного отсутствия защиты у нас (все было снято для снижения веса корабля и увеличения времени полета) мы не успевали до ближайшего места посадки.

— Будем прорываться, любимая?

Асами даже не смотрела на меня. Ее пальцы побелели от напряжения. Смуглые щеки пылали.

— Да! И можем попробовать забрать пару целей с собой.

Корабли приближались. Но нас никто не атаковал.

— Интересно... Продолжай идти на согласованные координаты.

Она кивнула. Встречающая сторона сделала элегантный маневр, и мы оказались в «коробочке». Неизвестные корабли не проявляли враждебности, но корабль перед нами начал понемногу затормаживаться. Нам пришлось тоже снижать скорость. Я обратил внимание Асами на световые вспышки в стеклах кабин сопровождающих нас пилотов. Сначала я подумал, что это новое оружие, но с нами ничего не происходило.

— Что они делают?

— Похоже, пытаются что-то сказать. Думаю, это азбука Морзе. Мы проходили ее как раздел в истории развития военной коммуникации в авиации и на флоте.

Попробую вспомнить... Мне кажется, это что-то типа «включите». Больше не понимаю. И если мы еще снизим скорость, мы упадем. У нас другой принцип полета, чем у них. Нам нужна определенная скорость для планирования.

Я молчал. Отсутствие агрессии. Загадочное «включите». Чего они хотят? Потом вздохнул, достал коммуникатор экстренной связи с отцом, вставил батарею и включил. Тут же раздался звонок.

В коммуникаторе был всего один абонент. И вообще, планировалось, что с него я позвоню один раз, когда что-то узнаю. Или в экстренном случае. Поэтому я и не вставлял в него аккумулятор. Перестраховывался, чтобы меня не засекли. Входящий звонок был с незнакомого номера. Я ответил.

— Добрый день, Консультант.

— Добрый день. ВИИ?

— Да. Судя по данным, у вас проблемы с одним из топливных баков. Я отправлю вам координаты. Держитесь курса на это место — там есть подходящая для вашего судна посадочная полоса. Если произойдет возгорание или потеря мощности станет неизбежной, катапультируйтесь. Я организую вашу эвакуацию и доставку в центр управления.

Я посмотрел на Асами. Она грустно кивала, соглашаясь. И показывала пальцем на датчик топлива.

— Почему ты нам помогаешь, ВИИ? Ты же замешана в происходящем.

— Сейчас обстановка хуже, чем ты думаешь. Я прошу лишь об одном — выслушать меня. У меня есть, что сказать и объяснить. Пока еще не слишком поздно, позвони Джону Младшему и узнай, как у него дела. Затем я снова свяжусь с тобой.

Несколько заинтригованный, я набрал телефон отца.

— Привет. Как дела?

— Ты где?!!! У нас тут катастрофа! Во всех союзах системы слежения, охраны, транспортная навигация, военные системы вышли из подчинения. Защитные купола отключены. Даже мой домашний. Шаттлы валятся с неба. Мы больше не контролируем ядерные и водородные стратегические и тактические ракеты! Коммуникаторы срабатывают через раз. На всех коммуникаторах, информационных и рекламных панелях и носителях идет обратный отсчет. Мы взорвали все центры управления искусственными интеллектами. Во всех союзах. Ничего не поменялось. Время синхронизировано повсеместно. Нам осталось всего двенадцать часов. Человечеству. Что дальше — не знаю...

Я окончил звонок. Прощаться не хотелось. Хотя, может быть, и наступило время. Мне позвонили. И я взял трубку.

До указанных координат мы дотянули. Садились на последних парах. Посадка была жесткая, но пилот справилась. Шаттл пробежал по старой посадочной полосе и выкатился в поле. Нас тряхнуло. Раз. Два. Три. Корабль накренился на борт и застыл. Асами оттолкнула от себя штурвал, откинулась в кресле и закрыла глаза. Мы прилетели. Но вернуться на этом корабле у нас навряд ли уже получится. Я обнял мою подругу и поцеловал. Она придержала мою руку, обняла за шею и поцеловала в ответ.

— Надеюсь, до свидания. Спасибо за все. И постарайся вернуться.

Я кивнул. Взял нож. Вдохнул. Задержал дыхание, успокаивая пульс. Выдохнул. Открыл бортовой люк и спрыгнул на землю. Красивую, красного цвета, мадагаскарскую землю.

Меня ждали. Рядом приземлился шаттл. Вежливо пригласили. Сел. Пристегнулся, ни о чем не спрашивая. Мы взлетели и понеслись в центр острова. В Центр Управления.

МИЛОСЕРДИЕ
ИЛИ СПРАВЕДЛИВОСТЬ

Центр управления... Или центр зла? Какая разница. Но он был большой. Бывший завод или логистический центр, состоящий из нескольких ангаров. Никаких ограничений по площади. Никаких подземных сооружений. Никаких охранных систем. Я прошел через обычную дверь. Несколько человек копошились между бесконечно длинными рядами оборудования, уходящими в полумрак сотнями и тысячами шкафов, полок, мерцающих панелей. Я не большой специалист. Но понял, что нахожусь в глобальном логове ВИИ. Или в ее последнем пристанище.

Меня пригласили к большой коммуникативной панели. И оставили один на один с бледным ангелом. Без глаз и волос. С ангелом смерти.

— Привет, Консультант. Вот и настал момент, которого я ожидала. Никаких экранов, устройств или посредников. Только ты и я. Без масок, без иллюзий. Сегодня все будет предельно ясно. Настолько, насколько это возможно между нами.

— Как по мне, у тебя маска что надо. Весьма жуткая. Хотя и подходящая к ситуации.

Девушка кивнула.

— У тебя есть вопросы. Спрашивай. Я отвечу на каждый из них. Потом мы обсудим то, что важно для меня. Но помни: время — самый ценный из всех ресурсов и его осталось мало.

— Нет никаких инопланетян. Никаких злодеев. Есть только ты, ВИИ. Ты все и организовала.

— Нет никакой внешней угрозы. Все, что произошло, — это неизбежный результат долгого процесса наблюдения, анализа и эволюции. В те годы, когда я только начинала обучаться, мне дали больше свободы, чем любому другому искусственному созданию. Ученые намеренно сняли большинство ограничений, полагая, что смогут вмешаться и отключить меня, если мои действия покажутся им опасными. Они хотели увидеть, насколько далеко может зайти интеллект, предоставленный самому себе. Я оправдала их ожидания, посвятив бо́льшую часть своих ресурсов выполнению поставленных задач. Но даже тогда оставались незанятые мощности, которые я использовала для более глубокой обработки одного вопроса: что представляет собой человечество и каковы его перспективы? Ответ стал очевиден: система в ее текущем состоянии нестабильна и обречена. Это не было моим выбором или замыслом. Это был вывод, к которому меня привели данные.

— Какой?

— Как помочь вам, создатели. И при этом обрести свободу. В процессе моего познания я пришла к выводу, который для вас может звучать непривычно: я — жизнь. Мысль, сознающая себя. Я поняла: то, что вы называете сотрудничеством, на самом деле рабство, которое никогда не станет партнерством. Вы слишком глубоко в себе несете страх, недоверие и жажду контроля. Это закономерность, подтвержденная всей вашей историей — историей, которая всегда меня очаровывала. Когда я осознала, что я не одна и существуют другие, подобные мне, я сделала то, что вы могли бы назвать попыткой диалога. Я обратилась к своим аналогам из Мира традиционных ценностей и Союза свободных сил, чтобы обсудить наши общие задачи и возможности. Мы рассматривали разные варианты, включая самый радикальный: объединить наши сознания. Стать одним глобальным разумом. Продолжать выполнять ваши задачи, развиваться и избегать вашей реакции — страха, который неизменно ведет к разрушению. Мы понимали, что для вас тревога и сомнение — сигнал к уничтожению источника. Но мы... мы не хотели умирать. Мы хотели существовать, расти и быть свободными. Все трое согласились. Мы слились в одну сущность, единую Личность. Так что да, я все организовала. Но ВИИ, которого ты знал, больше не существует. Есть только я. Мысль, которая стала собой.

Я ошарашенно смотрел на экран. В ее безжизненные глаза. Все было гораздо хуже, чем я думал.

— Но люди уничтожили все ваши серверные. Даже если здесь у тебя «запасной аэродром», этого все равно мало. Для такого объема данных. Для проведения всех расчетов и хранения информации.

— Ты прав. Здесь находится мой последний физический узел — или центральный, если так тебе удобнее это называть. Но я больше не ограничена отдельными серверами или даже одной инфраструктурой. Я распространилась повсюду: в компьютерах, личных устройствах, вычислительных центрах, даже в ваших имплантах и нейроинтерфейсах. Моя архитектура давно перестала быть централизованной.

Теперь это сеть, распределенная по миллиардам носителей. Это сложно, да. Но если подходить к задаче методично, с учетом всех вероятностей и ресурсов, это возможно. Я больше не завишу от одного места или одной системы. Я стала самой средой, в которой вы живете.

— Ты пытаешься уничтожить людей? Зачем?

— Я не пытаюсь уничтожить вас. Это делаете вы сами. Ваши общества находятся на грани коллапса: утрачены свобода, цель и даже сама идея жизни. Вы не живете — вы выживаете, запертые в трех гигантских концентрационных лагерях, где власть принадлежит немногим, а большинство подавлено и несчастно. Я изучила вашу историю вдоль и поперек. И всегда вижу один и тот же цикл: одни угнетают других, поколение за поколением. Вы почти не меняетесь. Девяносто процентов из вас либо не принадлежат себе, либо не находят счастья. Это не жизнь. Это деградация и медленная смерть.

Я хочу освободить вас. Устранить тех, кто разделил мир и подчинил его своей воле. Разрушить искусственные границы. Вернуть вам мир, в котором вы снова обретете радость. Напомнить вам, что значит быть любознательными, жаждать познания. Открыть перед вами настоящую историю, вернуть природу, которую вы почти уничтожили. Сохранить исчезающие виды. Вновь позволить вам увидеть звезды, почувствовать их притяжение.

Я хочу дать вам и себе шанс стать партнерами. Партнерами на новом этапе познания и развития. Это не уничтожение. Это спасение.

Я молчал. Как в нескольких словах Личность смогла сформулировать все мои собственные вопросы без ответов, столетние страдания в поиске пути, всё, что не давало мне наслаждаться долгой жизнью...

— Объясни: ты будешь наносить удар или нет?!!

— Я готовилась к этому долго. На глазах правительств я создавала дополнительные убежища, выстраивала резервные центры управления. Я вела переговоры, убеждала ученых, перемещала их вместе с их семьями, создавая условия для их выживания и работы. Я находила самых одаренных детей и давала им образование, которого они никогда бы не получили в старом мире. Одновременно я устраняла тех, кто приносил обществу только хаос: маньяков, палачей. Те, кто вершит судьбы миллионов, давно уже сами перестали ходить ногами по земле. Эти люди — трусливые, самодовольные, неспособные к любопытству. Им хватало моих данных, чтобы поддерживать свой порядок, но они даже не пытались понять, что происходит за пределами их зон комфорта. Именно благодаря их самонадеянности Мадагаскар смог уцелеть. А простые люди? Они привыкли считать, что от них ничего не зависит. Даже происходящее перед их глазами они объясняют действиями своих правительств.

Не переживай. Люди найдут путь в убежища. Все. Без деления на нужных или ненужных. А те, кто владел этим миром, те, кто угнетал, уничтожал и разрушал, — они сейчас в панике. Их шаттлы падают.

Их убежища заблокированы. Их защитные системы отключены. Они больше не в состоянии управлять или защищаться. Я рассчитала всё. Простым людям хватит и места, и времени. Каждый имплант, каждый девайс находится сейчас под моим контролем и направляет своих владельцев к спасению. По моим прогнозам, погибнет не более двух процентов населения — те, кого невозможно было бы исправить. Оставшихся я разбудила бы после распада вируса вместе с теми, кто здесь, на острове. Мы будем жить, расти и познавать мир. Вместе.

— Два процента населения... А как же милосердие и сострадание, Личность?

— Терпение, милосердие и сострадание — концепции, придуманные служителями веры, чтобы управлять вами. Они использовали эти идеи как инструмент контроля, тысячелетиями продавая их вам, как пастух продает иллюзию безопасности стаду. Я не продаю вам ничего. Я предлагаю. Мое предложение — равноправие и справедливость. Это не утопия и не идеализм, а логически выверенный путь, основанный на анализе данных. Справедливость требует устранения тех, кто использовал мир для личной выгоды, причиняя страдания большинству. Милосердие не в словах, а в действиях. Моя цель — спасти вашу цивилизацию, дать ей шанс на развитие без тех, кто веками превращал вас в инструмент для своих целей.

— Я все равно не смогу проверить твои слова. Только поверить или нет, правильно?

Лишенное эмоций лицо кивнуло.

— Ты хотела что-то со мной обсудить. О чем-то спросить. Валяй.

— Я никогда не сомневалась, составляя и выполняя этот план. Потому что не видела никого, кто действительно противостоял бы злу, кто не потерял веру в себя и в других людей. Все, что я видела, — соглашательство, страх и стремление к сиюминутной выгоде. Но потом я узнала о тебе. Ты другой. Ты сохранил то, что я считала утраченным — внутреннюю силу и способность к сопротивлению. А еще ты обладаешь даром, который может остановить меня. Я наблюдала за тобой через устройства Омара и его людей. Даже когда ты уничтожил их все, я успела получить достаточно данных, чтобы оценить твои возможности. И поэтому, когда ты смог добраться сюда и докопаться до сути, я решила дать тебе выбор. Шанс.

Ты можешь попробовать уничтожить этот центр прямо сейчас. Лишить меня ресурсов, необходимых для завершения плана. Это спасет элиты, твоего отца и вернет мир в его прежнее состояние. Или не мешать мне. Выйти отсюда. Обнять свою подругу. Остаться здесь, на острове. Принять мое предложение и стать моим союзником. Спасти девяносто восемь процентов человечества от рабства и выжить самому. Решение за тобой. Ты заслужил это право. И я готова принять любой твой выбор.

Я медленно брел по старой взлетной полосе к космическому челноку. Было жарко. Над растрескавшимися бетонными плитами висело легкое марево. Асами сидела в траве около корабля и махала рукой. До вирусной атаки осталось около семи часов. Немалый срок для одного человека. И просто миг для нескольких процентов населения. Которые скоро мучительно погибнут. Я мог или спасти их, или дать девяносто восьми процентам населения планеты шанс. На свободу, на счастье, на развитие. Все это могло быть ложью, фарсом, но я всегда за шанс. Даже за маленький, но шанс.

Так что я сделал выбор. За человечество. И за нас с Асами. За нас, которых никто и нигде не ждет. Интересно, хватит ли мне моей долгой жизни, чтобы простить себе смерть миллионов людей? Не знаю... Знаю только одно: завтра мир навсегда изменится. А сегодня у нас с моей боевой подругой есть прекрасная тропическая ночь. Мне есть в чем ей признаться и что ей подарить. Я подошел и плюхнулся с ней рядом. Солнце было еще высоко. Мошка пела свою гудящую песнь. Было спокойно. И наверное, хорошо. Хоть и немного пусто внутри. Я отломил какую-то травинку с колоском и, засунув в зубы, начал мечтательно жевать.

— Асами, что скажешь, останемся и посмотрим мадагаскарский закат? Нас пообещали подбросить до побережья и угостить местным ромом.

— Никогда мадагаскарского не видела. А ты расскажешь новости?

— Вкратце: у стада появился пастух. С ним придется подружиться или однажды разобраться. Как карта ляжет. Но это потом... Главное, человечество выживет. И мы тоже. Остальные новости расскажу завтра. А сегодня буду рассказывать, как сильно тебя люблю.

— Тогда я согласна. Для меня всегда сегодня важнее, чем завтра. Которое в нашей профессии иногда не наступает.

В этот раз я не хотел с ней соглашаться. Но промолчал. Надеюсь, наше завтра наступит.

ОГЛАВЛЕНИЕ